LE CŒUR

DES BÊTES

PARIS, LIBRAIRIE. — MIRECOURT, TYP. HUMBERT.

LE

CŒUR

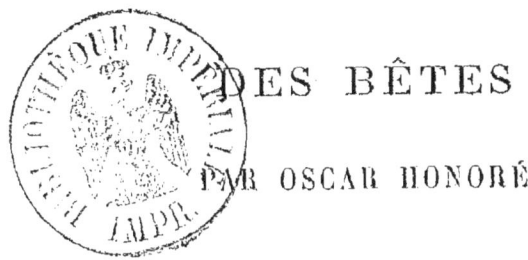

DES BÊTES

PAR OSCAR HONORÉ

OUVRAGE COURONNÉ AU CONCOURS DE LA SOCIÉTÉ PROTECTRICE
DES ANIMAUX, EN 1861

τὶ θεῖον!...
Quelque chose de divin!... (ISOCRATE.)
Qui sait si l'âme des animaux descend en
bas? (SALOMON.)

PARIS
HUMBERT, LIBRAIRE-ÉDITEUR
RUE BONAPARTE, 43
—
1863

À Monsieur le Président,

À Messieurs les Membres

du Conseil de la Société protectrice des animaux.

Hommage de la sympathie et
du respect profond de leur collègue & serviteur,

OSCAR HONORÉ,

Membre et lauréat de la Société des gens de lettres,
secrétaire de la Société protectrice.

Paris, 15 avril 1863.

Enfant gâté de la Société protectrice, quoique n'ayant, suivant la définition du philosophe de l'ancienne Grèce, *que deux pieds et point de plumes*, j'ai trouvé dans chacun des membres composant le conseil de cette Société, une sympathie, des encouragements dont je tenais à exprimer publiquement ma gratitude. Je leur dédie ce petit livre dont ils sont, autant et plus que moi, les auteurs ; et je leur rapporte ainsi l'honneur de cette médaille d'argent dont ils ont daigné récompenser l'écrivain du *Cœur des bêtes*, avant même la publication de l'ouvrage. D'autres publications absorbaient mes veilles. L'excellent éditeur de la Société protectrice, le vaillant propagateur des livres utiles, M. Humbert, s'est chargé du soin de cette édition. J'avais encore à cœur de l'en remercier cordialement ici.

OSCAR HONORÉ.

LE CŒUR

DES BÊTES

I

L'AUTEUR de ce petit livre a deux ambitions :
celle d'être utile à la jeunesse, et celle de
lui plaire. Ainsi se trouveront indissolu-
blement liées, si je réussis, une bonne œuvre
et sa récompense.

Il n'y a point, en effet, de mémoire plus
sûre, de cœur plus fidèle, que le cœur et la
mémoire des jeunes gens. En vieillissant, hélas !
et battu par tant d'orages qui émoussent la délicatesse de ses sentiments et de ses sensa-
tions, l'homme devient trop souvent indifférent,
égoïste, oublieux. Il faut plus de piment et de

1

sucre à ses mets pour réveiller son goût; dans la voix qui lui parle, un accent plus tragique pour faire couler ses pleurs! Mais à quelque âge qu'on le prenne, l'homme se souvient des premières pommes qu'il a cueillies, vertes ou mûres, et des premiers livres qu'il a lus. Aux auteurs qui l'ont charmé jeune, comme aux vergers qui ont incliné sur sa tête, brune ou blonde, les prèmiers fruits qu'il a savourés, il garde une prédilection bien connue.

Et il trouve moins aimable tout ce qui ne date point de son âge d'or.

Les auteurs nouveaux, pour lui, sont mal pensants ou mal imprimés; les fruits sont insipides, et leurs noyaux lui cassent les dents!...

D'où vient donc qu'en France on prenne si rarement la plume, à l'intention de la classe de lecteurs la plus intéressante et la plus sympathique? D'où vient qu'il n'y ait guère, à l'usage de la jeunesse, que des livres pédants ou des bibliothèques bleues?

Pour moi, j'écris ici l'histoire du cœur des bêtes qui ont un cœur d'anges, espérant gagner ainsi aux bêtes et à moi celui des enfants!

II

Ma chère lectrice, si vous étiez sourde et muette, et que vous fussiez esclave chez ces Apaches dont parlent les récits des voyageurs et les géographies du Nouveau-Monde; si vous aviez pour devoir de suivre partout ces sauvages, qui seraient ainsi vos maîtres, et, quand ils dorment, de garder leur butin et leur logis, vous souffririez, n'est-ce pas, de ne les comprendre que par signes, et plus encore, si vous ne les compreniez point assez vite à leur gré, de recevoir des coups de pied, de fouet ou de bâton, appliqués par des gens cruels et beaucoup plus forts que vous ne l'êtes?

Mais ce n'est rien encore.

Si, arrachée dès le berceau à vos parents, vous vous étiez néanmoins attachée à ces sauvages, et qu'unie à vos hôtes par un lien plus fort qu'un bout de corde ou de chaîne, vous vous sentissiez incapable de les abandonner, lors même que l'occasion s'en présenterait par la porte ouverte de leur cabane, par un chariot où vous pourriez monter et vous cacher, par un navire qui vous reconduirait chez vous; et cela parce que mes Apaches seraient devenus avec le temps votre seconde famille et que vous les aimeriez enfin, pour le plaisir, pour le besoin d'aimer.

Puis, supposez qu'après les avoir servis de votre mieux, et toujours sourde et muette, mais intelligente du regard et du cœur, vous fussiez atteinte, par l'effet d'un manque de soins ou d'une mauvaise nourriture, de quelque maladie faisant de vous un parasite inutile; et qu'alors ne sachant pas vous soigner ou ne voulant pas s'en donner la peine, ils prissent une liane, une pierre; que la pierre fût attachée à la liane, et la liane à votre col, et qu'enfin au bord d'un marais ou d'un fleuve, vous traînant sans pitié, ils fissent de vous... ce qu'on fait de tous les débris...

Vous frémissez, enfant, à l'idée qu'on vous

noie; et mon histoire vous fait venir la chair
de poule!

Eh bien, la destinée que je viens de vous dé-
rouler en quelques lignes, n'est pas, ne sera
jamais la vôtre, sans doute; mais elle est celle
d'une multitude d'êtres vivants comme vous,
sensibles comme vous, dévoués comme vous,
enfin sourds et muets comparativement à vous,
puisque vous n'entendez point leur langage et
qu'ils n'entendent point le vôtre!

C'est, par exemple, la destinée de la plupart
des chiens, de ces bêtes tantôt laides, tantôt
jolies, mais qui ne sont devenues laides que
dans la domesticité et avec le temps; car toutes
les races primitives d'animaux, conservées telles
que Dieu les a créées, sont admirablement
belles.

Et ce ne sont point des sauvages tatoués et dénués d'intelligence; c'est nous-mêmes qui trai-
tons ainsi ces animaux, compagnons plus faibles et moins savants que nous, mais doués de
qualités étranges et sublimes où Dieu s'est plu
à faire éclater sa puissance et sa bonté.

Ces qualités sont, il est vrai, inconnues ou
méconnues le plus souvent, tout comme le fau-
cheur ignore que sa faux, en atteignant un lis,
au bord de la pelouse, abat sur terre une des

merveilles dont la main prodigue du Créateur a réglé et ajusté la parure.

Mais un lis, quelque beau qu'il soit, n'est qu'une plante sans cerveau et sans entrailles, et elle meurt sans souffrir; tandis que le chien subit toutes les angoisses physiques de la mort.

Et enfin le sort des chiens que leur maître immole, souvent par une sorte de commisération, jugeant leur maladie incurable, ce sort est relativement heureux, puisque l'agonie est courte.

Mais il y a d'autres gens qui, pour se défaire de leur chien, l'abandonnent, le perdent exprès en quelque lieu public et fréquenté, et se cachent pour tromper l'instinct merveilleux qui ramène l'oiseau à son nid, l'abeille à sa ruche, le chien à son maître. Et alors ce sont les chiffonniers qui le recueillent, soit pour tirer parti de sa peau en l'assommant à coups de crochets, soit en les conservant... pour les vendre à des expérimentateurs, qui, sous le prétexte d'étudier la création, mettent des créatures vivantes à la torture, les écartellent, leur ouvrent le crâne ou les entrailles, et là, le scalpel d'une main, la loupe de l'autre, se complaisent dans l'examen des dernières convulsions de l'agonie.

Or, quiconque ferait subir à son semblable

le quart des tortures ainsi pratiquées journel-
lement sur des chiens, des chats, des lapins,
des grenouilles, serait envoyé au bagne à perpé-
tuité ou paierait de sa vie, sur l'échafaud, l'horreur de ses crimes.

Telle est l'histoire d'un grand nombre des chiens
que vous voyez, que vous caressez en passant,
dont un, peut-être, fait la joie et la sécurité
de votre demeure et qui, pour prix d'une
hospitalité souvent avare, vous voyant perdre
en chemin un bracelet ou un sac à ouvrage,
se couchera auprès du meuble ou du bijou,
pour les garder, s'il ne sait où vous les reporter dans sa gueule.

Et, si vous ne revenez point les chercher, il
attendra jour et nuit, sans manger ni boire,
de peur d'enfreindre son devoir, et finira par
mourir — victime de sa fidélité !

C'est encore lui, ce chien, qui, sans exa-
miner si l'assaillant est plus fort et mieux armé,
sautera à la gorge du voleur nocturne; se
jettera à la rivière, si vous y tombez; si vous
mourez dans l'isolement, voudra rendre les
derniers devoirs à votre corps privé de sépulture, et méritera jusqu'à son dernier souffle
cette épitaphe due à l'esprit caustique et charmant du grand artiste Charlet :

« Ce qu'il y a de mieux dans l'homme, c'est le chien ! »

Et cette autre de Toussenel :

« Le chien est le saint Vincent de Paul du règne animal. »

Voilà ce que les pauvres chiens peuvent souffrir ; et maintenant nous allons voir en plus de détail pourquoi il faut les aimer.

III

LA première fois, sans doute, que la pensée de Dieu s'est offerte à votre jeune esprit, ça été en face d'une grande joie ou d'une grande douleur.

Vive et religieuse aussi, on peut s'imaginer, fut la joie des premiers hommes, lorsque, dénués des dons nécessaires pour atteindre à la course le gibier indispensable à leur nourriture, ils virent que le chien était pourvu d'un flair, d'une agilité, d'une patience qui nous manquent, et que, s'apprivoisant facilement, il mettait volontiers, que dis-je, avec ardeur à leur service des moyens de chasse, et partant de subsistance qu'ils auraient cherché vainement ailleurs.

Le chien fut vraisemblablement la première conquête de l'homme, et c'est par lui qu'il s'est asservi une dizaine d'autres espèces d'animaux sans lesquels il n'y aurait aujourd'hui ni une ville, ni un chemin, ni un peuple, ni peut-être un homme sur la terre. (*)

Les animaux, en effet, ne sont point seulement les ornements de la terre; ils sont la nourriture, le vêtement, la santé, la conservation de l'homme. Les seules hirondelles venant à manquer tout à coup, il n'y aurait bientôt plus ici-bas, ni fruits ni moissons.

Mais, sans le chien, l'homme n'aurait pu s'asservir ni le cheval, ni le bœuf, qui ont été forcés à la course et appréhendés vivants, dans les steppes du monde primitif, par les premiers chiens dressés par nos premiers aïeux.

Si donc nous avons de la vénération pour nos aïeux, ne devons-nous pas aussi une sorte de vénération aux êtres qui ont pris part à la fondation de toute société?

(*) Cette thèse est facile à prouver; seulement sa démonstration passerait les bornes et sortirait du cadre de cet ouvrage.

Du nombre de ces êtres, nous avons dit qu'en première ligne est le chien.

Et pour vous le prouver mieux, je vais vous dire une autre histoire. (*)

(*) L'auteur n'a pas la prétention de raconter exclusivement de l'inédit, dans des matières qui occupent les historiens, les voyageurs, les physiologistes depuis des siècles. L'historien est toujours un compilateur. Il faut savoir le lui pardonner.

IV

Le globe n'est point partout habitable.

Mais les hommes sont si nombreux, et ils ont tant de tristes raisons pour se fuir souvent les uns les autres, que l'on en trouve de réfugiés jusque dans les steppes du Kamtschaska, de la Sibérie et du Labrador.

Mais il y a longtemps que tous ces Esquimaux, tous ces exilés volontaires, seraient morts de faim, de froid, d'obscurité, de misère, si Dieu ne leur avait donné les chiens.

Une sublime espèce de chiens!

Les chiens du grand Saint-Bernard, dont nous vous parlerons, sont assurément fort estimables; mais les chiens esquimaux, pour avoir moins de réputation, ne sont pas moins dignes de votre amitié.

Ils le sont plus, puisque les services qu'ils rendent à l'homme, sont de toutes les saisons et de tous les instants, dans un pays où il n'y a, pour ainsi dire, qu'une saison : l'hiver.

Je suis Esquimau, et blotti dans ma hutte enfumée, j'ai pour tout horizon la neige.

Les collines formées par la neige sur les plaines sans limites dont j'occupe le centre, ne me cachent point, comme il arrive pour le piéton égaré dans nos campagnes, quelque cité aux cent toits, aux mille scintillements, que la marche me fera découvrir au moment même où je commencerai à désespérer d'un gîte.

Non. Nous sommes au désert, et l'aimable brouhaha d'une bonne auberge pleine de gens et des reflets d'un chaud foyer, ne serait point le terme d'un voyage au travers des régions polaires.

Le terme du voyage, dans ces régions maudites, ce serait, pour l'étranger, la mort de faim, la mort de froid.

Je suis donc dans ma hutte avec ma petite famille, et, par un hasard malheureux, ma provision d'huile pour la lampe touche à sa fin, dès le troisième mois d'un hiver qui en durera six environ; ou bien, et ne suis-je pas cent fois plus à plaindre? j'ai un enfant malade et point le remède qui, seul, peut le sauver.

Vous êtes cet enfant chéri, ma jeune lectrice, et déjà flottent sur vos paupières appesanties ces voiles que la mort étend sur l'agonie prochaine.

Que faire? que devenir? Vous allez mourir et je ne puis pas vous sauver.

Dieu est grand et miséricordieux. Il ne m'a donné ni chemins de fer ni chevaux de poste; mais il a mis à ma porte une douzaine de chiens à l'épaisse fourrure, au nez de loup, à l'œil luisant dans les ténèbres, au pied infatigable et sûr.

J'irai. Je sifflerai mes chiens, et, dociles, ils viendront recevoir les harnois sous lesquels ils devront emporter mon traîneau.

Mais peut-être n'ont-ils pas mangé dès longtemps?

Qu'importe? J'ai besoin d'eux et ils m'aiment! Je n'aurai peut-être point au retour d'autre salaire à leur offrir qu'une caresse? Qu'importe? Ils auront travaillé pour l'honneur du métier.

Les voilà donc attelés. J'ai mis sous un amas de peaux d'ours que je dois aussi à mes chiens, fervents auxiliaires de mes chasses, j'ai mis ma fille malade, expirante. Nous voilà partis.

Mais je ne sais pas le chemin. Les dernières traces des pieds de mes chiens de poste ont été effacées par le vent glacé qui lèche les neiges de la steppe. Qu'importe encore? Dans la nuit, de la tête, du nez, du cœur, mes coursiers reconnaîtront parfaitement le chemin!

De quoi me servirait à cette heure le génie de Newton, la fortune d'un Nabab, la puissance d'un César? Tout cela ne serait rien contre les glaces du pôle, contre la nuit planant avec la mort sur l'immensité. Le salut me viendra du chien de mon seuil.

A cette heure solennelle, n'ayons point l'orgueil de comparer l'homme — au chien! Le chien peut triompher encore : l'homme est vaincu.

Et, en effet, après une course effrénée et une mortelle attente, une grêle fumée grise est apparue sur le clair obscur du crépuscule éternel. Elle sort du cône tronqué d'une autre hutte aussi petite que la mienne. Mais là demeure un vieillard d'expérience qui guérira mon enfant!

O mes braves chiens! que vous rendrai-je pour un pareil service? Hélas! mes pauvres chiens, qui avez sauvé ma fille, irez-vous vous coucher sans souper !

« — Nous irons, s'il le faut, nous coucher à jeun, dans un trou de neige, maître ; et, dans quelques heures, s'il le faut encore, nous vous reconduirons chez vous, pour l'amour de vous ! »

« *Affaire de service !* » disait un vieil officier russe qui allait mourir.

Quelle doit être la plus haute ambition de l'homme qui se voue au service de Dieu ? Celle d'arriver à la charité, qui est l'amour, et d'égaler pour l'homme, son frère, le dévouement... du chien !

V

MAIS nous gâtons tout ce que nous touchons. Nous avons gâté le chien en appauvrissant les races par leur mélange. Nous avons créé le chien hargneux, le chien gourmand, le chien pillard, peut-être le chien enragé !... Surtout nous avons inventé le chien hideux, en lui coupant la queue et les oreilles.

De telle façon qu'aujourd'hui le vice et la caricature souillent l'espèce canine comme l'espèce humaine, et que plus d'une race noble et pure a complétement disparu.

Et, néanmoins, parmi ces roquets, ces lévriers mâtinés, ces bouledogues, il se trouve des individus au cœur chaud, à l'intelligence prompte, au courage de lion.

Dernièrement, un soir, vers onze heures, un barbet sale et repoussant pénétrait dans les cabarets encore ouverts d'un boulevard extérieur de Paris. Il faisait entendre des jappements presque articulés comme la voix humaine ; puis il poussait de longues et lamentables ululations, et il saisissait les personnes présentes, par leurs vêtements, pour les attirer vers la porte.

En plus d'un lieu, cette manœuvre ne lui attira que des coups de pied ; mais, chez un cabaretier, il trouva, auprès de vieux militaires, un accueil plus sympathique. Ils suivirent le chien, qui les emmena à un endroit où gisait sans mouvement un homme en costume d'ouvrier.

On s'assura que cet homme respirait encore, et on le transporta au cabaret, où on lui donna des secours.

Quelques instants plus tard, il aurait cessé de vivre.

Voilà ce que je lisais, il n'y a pas longtemps, dans la *Gazette de France*.

M. Aillaud, de Rouen, a communiqué à la Société protectrice des animaux, dont j'ai l'honneur de faire partie, la note suivante :

La fille d'un cultivateur du canton de Fauville (environs de Rouen), âgée d'environ six ans, jouait au bord d'une mare, lorsqu'un faux pas la fit tomber dans l'eau. Personne n'avait été témoin de l'accident, excepté le chien de son père, qui l'avait suivie et qui alla chercher du secours. Ce pauvre animal accourt à la ferme, tire son maître par sa blouse en poussant des gémissements plaintifs. Celui-ci se laisse conduire à la mare, et il en retire sa fille se débattant contre la mort. La petite fut sauvée !

Maintenant, qui ne connaît, au moins par ouï-dire, le chien de régiment, cette bête qui semble sanctifier jusqu'à la guerre, dont la compagnie des soldats l'a rendue idolâtre?

Étroitement lié d'affection avec ses maîtres et ses compagnons de gloire, il affronte les mêmes dangers et attrape les mêmes horions sanglants. Qui ne l'a vu, dans un tableau célèbre (inspiré par la réalité), atteint d'une balle et pansé par le tambour de la garde, à quelques pas en arrière des fusillades, parmi les nuages de fumée vomis par les canons?

Et qui ne connaît cette autre page d'histoire, également copiée sur nature, qui fait presque toujours pendant à la première, et qui nous montre le caniche en pleurs, entre les roues d'un corbillard de dernière classe, entrant sans suite dans le clos des morts?

Ce double tableau a été souvent reproduit sous différentes formes plus émouvantes les unes que les autres, durant nos dernières campagnes.

« Le général Espinasse, écrivait Mme Esther Sezzi, de Milan, le 15 juillet 1859, avait deux chiens auxquels il tenait beaucoup. Comme des serviteurs fidèles, à l'affaire de Magenta, ils furent tous deux blessés près de leur maître.

» Le plus petit fut relevé presque mort. Un officier le fit porter à sa cantine; mais personne n'a pu me donner de nouvelles ni du protecteur ni du protégé!...

» L'autre, un grand chien d'Afrique, au pelage blanc et jaune, avait eu trois blessures et la cuisse cassée par une balle : malgré cela, quand on releva le corps du général, il le suivit, et, pendant deux jours, couché sur la tombe provisoire où reposait le héros, il refusa toute nourriture. Mais on enleva ces glorieuses dépouilles; la vapeur les emporta vers la patrie, qui les réclamait, et le pauvre chien resta seul.

» Il fut recueilli et soigné par les soldats ouvriers de la 9e brigade, employée alors à Magenta. J'ai vu moi-même ce pauvre animal, guéri à peu près, mais inconsolable, errer de la gare du chemin de fer à l'endroit où son maître, tombé de cheval, avait rendu le dernier soupir. Je l'ai caressé. Son air de tristesse profonde aurait ému les cœurs les plus durs. »

VI

PUISQUE nous en sommes au chien de régiment, voici l'histoire de trois types de cette race à part sur laquelle ont déteint si pittoresquement la finesse matoise, la belle humeur et le courage du troupier français.

« Kébir, dit son biographe, M. Gaudon, dans un joli livre intitulé : *Souvenirs intimes d'un vieux chasseur d'Afrique,* Kébir n'avait pas atteint l'âge de quatre mois, lorsque l'ordre, vingt fois donné, de chasser tous les chiens du quartier de Mustapha-Pacha fut réitéré de la façon la plus formelle.

» Un certain chef d'escadron, qui, par bonheur pour les chasseurs, et pour parler militairement, ne fit pas de vieux os en Afrique, le commandant *Sept-Étoiles*, déploya, dans l'exécution de cet ordre, un empressement et une brutalité vraiment incompatibles avec la dignité d'un officier supérieur.

» Armé d'une paire de pistolets chargés à balle, il se promenait jour et nuit à la poursuite des infortunés frappés de proscription, et tirait impitoyablement sur les pauvres bêtes assez maladroites pour se trouver sur son passage.

» Kébir fut bien vite au courant du danger qui le menaçait. Nous lui désignâmes, trois ou quatre jours de suite, le commandant, en lui adressant la recommandation suivante :

» — Tu vois bien ce grand monsieur, là-bas ? Eh bien, toutes les fois que tu le verras arriver d'un côté, tu fileras de l'autre, et tu viendras te cacher dans ton lit.

» Kébir se le tint pour dit ; jamais le commandant *Sept-Étoiles* ne put le joindre à portée de pistolet.

» Un jour, le commandant aperçoit Kébir en train de ramasser et de mettre en tas les bouchons de paille hors de service que les cavaliers sont obligés de jeter, avant de passer à l'opération du brossage de leurs chevaux :

» — Gare au commandant! dit tout bas un garde d'écurie.

» Kébir tourne vivement sa fine tête et comprend que la retraite est coupée. Il saute sur un des mûriers plantés le long des écuries. Du mûrier, il bondit sur le toit en planches et prend lestement sa course vers l'extrémité du bâtiment, opposée à celle où le commandant vient de l'apercevoir.

» Le commandant marche à couvert dans la même direction; mais à peine a-t-il pu découvrir la pointe du museau de notre caniche, que celui-ci a déjà fait demi-tour. Il parcourt le toit en sens inverse, tombe sur le mûrier le plus proche de la grande avenue du quartier, s'élance à terre et disparaît.

» Combien de fois n'ai-je pas vu l'adjudant de service donner à Kébir un billet cacheté, en disant :

» — Va porter cela à ton maréchal-des-logis de semaine et rapporte-moi la réponse!

» Si le sous-officier demandé n'était point dans sa chambre, un de ses camarades n'avait qu'à dire au messager :

» — Il est à la cantine, à l'écurie; va le chercher.

» Et Kébir trouvait toujours son homme et rapportait la réponse.

» Toutes les fois qu'un chasseur de notre escadron devait entrer à l'hôpital, le fourrier appelait Kébir et lui mettait le billet d'hôpital dans la gueule, en ajoutant :

» — Allons, accompagne le malade à l'hôpital !

» Kébir, *sautillant sur trois pattes*, arrivait clopin-clopant, jusqu'à la porte de l'établissement, grimpait sur la borne placée au-dessous de la cloche, tirait la chaîne ; et, lorsque le concierge ouvrait la porte, il savait tout de suite qu'il recevait un malade de l'escadron. Le reçu signé, Kébir le rapportait, *sans boiter cette fois...*

» Le samedi, jour de propreté, Kébir tenait une petite boutique garnie de menus objets, fil, aiguilles, pipes, tabac, le tout arrangé par paquets d'un et de deux sous. Un chasseur arrivait, prenait un objet de dix centimes et n'en déposait, avec intention, que cinq sur l'étalage. Le marchand sautait alors par-dessus sa boutique et donnait un coup de dent à l'acheteur de mauvaise foi... » (*)

(*) Kébir est moins extraordinaire peut-être que Munito jouant aux échecs ; mais il est plus intéressant, car il a le génie de la probité.

Voici encore le *chien fourrier*, pour faire pendant au *chien marchand*, que nous venons de voir disputer sur le poids de la monnaie qu'on lui présente; nous retrouvons cette anecdote dans une chronique de M. Henri d'Audigier :

« Vers 1840, le 2ᵉ régiment de carabiniers tenait garnison à Nancy. M. L***, maréchal-des-logis et maître d'armes, avait un grand épagneul de chasse nommé Mustapha, qui lui tenait lieu de domestique. Mustapha conduisait à l'école la nièce du sous-officier; je dis *conduisait* et non *accompagnait;* car il ouvrait la marche gravement, et surveillait du coin de l'œil tous les mouvements de la petite fille; quand elle pleurait ou refusait de marcher, il la tirait en grondant par le bas de sa robe. Quand on était arrivé à la porte de l'école, il la regardait entrer, attendait deux ou trois minutes sur le seuil, et ne se retirait qu'après s'être bien assuré que l'enfant ne pouvait plus s'échapper.

» Mustapha allait aux provisions : tous les fournisseurs le connaissaient et s'empressaient de le servir. L'envoyait-on chez le boucher? On lui mettait un panier entre les dents, et dans le panier, on plaçait la note des objets demandés. Une série de manœuvres convenues apprenait à ses maîtres le résultat de sa mission.

» Il revenait sans le panier.

» — Eh bien, lui disait-on, y a-t-il du veau?

» Mustapha aboyait une fois, se retournait, franchissait le seuil et rentrait dans l'office. Ce manége voulait dire :

» — Il n'y a pas de veau.

» — Y a-t-il du bœuf?

» Pour répondre négativement à cette question, le chien aboyait deux fois, et allait deux fois de la maison à la cour et de la cour à la maison...,

» On le chargeait même d'aller payer les notes des fournisseurs. On enveloppait l'argent dans un papier qui contenait le compte, on lui mettait le tout dans la gueule, et il s'acquittait à merveille de ses fonctions de confiance.

» Un jour pourtant, jour mémorable, Mustapha, ayant reçu l'ordre d'aller acquitter la note d'un grainetier, partit avec une somme de quatre-vingt-quatre francs enfermée dans un mouchoir, et, à la grande surprise de ses maîtres, il ne revint pas avant la tombée de la nuit. Il arriva la tête basse, l'air honteux et contrit. On l'interrogea :

» — Eh bien, Mustapha, où est ta quittance?

» La pauvre bête gémit piteusement et se mit à ramper comme un suppliant. On courut chez le marchand, qui déclara n'avoir vu ni l'argent ni la bête. Mustapha reçut une verte correction et alla se blottir dans un coin.

» Pendant trois jours on le vit inquiet, frémissant, affairé. Que peut-il lui être arrivé? se disait-on. On s'informe dans le voisinage : un garçon de cuisine affirme avoir vu Mustapha se battre avec d'autres chiens, le jour où on l'avait envoyé chez le grainetier. On ne put en savoir davantage, et l'on fit son deuil des quatre-vingt-quatre francs.

» Mais, vers la fin du troisième jour, Mustapha, qu'on croyait endormi dans la cantine, se redresse tout à coup et sort comme une flèche. On le suit. Il s'élance en droite ligne vers la place Saint-Jean, couverte alors de gravois et de matériaux provenant d'une maison démolie. Arrivé là, il s'arrête, hésite et paraît se consulter. Puis il tourne, flaire, quête. Enfin, comme un homme illuminé par une réflexion soudaine, il saute sur un monceau de plâtras, et, des pattes, du museau, avec de petits cris joyeux et de rapides mouvements de queue, il fait un trou et déterre les quatre-vingt-quatre francs.

» Avant de livrer bataille à ses adversaires, l'intelligent animal avait mis son argent en sûreté ; mais, dans l'émotion de la lutte et l'ardeur d'une poursuite victorieuse, il avait oublié la cachette. La mémoire lui était soudain revenue, après trois jours d'inquiète méditation. »

A la lecture de ces anecdotes, on est d'abord plus frappé de l'esprit que du cœur de ces deux chiens, dont les petits talents consistaient surtout à remplir leurs commissions avec une ponctualité mathématique.

Mais, en y regardant de plus près, vous y découvrirez autre chose.

La rigueur mercantile de Kébir à l'endroit des petits sous et des gros, ne profitait qu'à son commettant. Que lui importait à lui-même que les petits paquets de fil ou de tabac fussent vendus un ou deux sous? Les chiens ne mangent point de cuivre. Quant à la seule crainte des châtiments, n'y comptez point pour développer l'intelligence des animaux. On n'arrive par ce moyen qu'à leur faire exécuter des gestes automatiques. Avec les chiens surtout, l'intérêt ni la crainte ne sont des mobiles suffisants. Il faut la tendresse et le point d'honneur.

Le mobile de Kébir était un raffinement curieux du sentiment dévoué, qui fait mourir un chien sur la bourse perdue ou sur le havresac abandonné par son maître.

Même cause au désespoir de Mustapha, atteint et convaincu de la perte de ses quatre-vingt-quatre francs.

En veut-on la preuve?

Quand il s'avisa, le troisième jour, d'aller déterrer le magot dans les décombres, la correction qu'il avait subie était passée. Il était triste; mais on ne le battait plus.

La mort de Fanor sur la piste d'un gibier qu'il aurait rapporté à son maître sans en toucher une plume, est un témoignage de cette grande vérité.

« Fanor avait quinze ans, lisons-nous dans un numéro de l'*Akbhar*. Schmitt, vieux gendarme d'Afrique, l'avait, en mourant, légué au maréchal-des-logis Dufau. C'était un intrépide chasseur, qui avait acquis, en 1853, une certaine célébrité à Philippeville, où l'on parla longtemps des difficultés qu'il avait eues avec une jeune panthère, dont ce brave chien porta toute sa vie les marques.

» Le capitaine Dufau vint dernièrement mourir à Alger, dans ce pays où il avait conquis ses épaulettes. Pendant le séjour de cet officier à l'hôpital du Dey, le fidèle animal, conduit par un ami, lui rendait des visites quotidiennes.

» A la mort de Dufau, on vit le vieux chien suivre tristement le corps jusqu'au cimetière; puis il était revenu au quartier, et avait élu domicile à la porte de la chambre où couchait autrefois son maître; personne ne lui contestait ce droit : c'était celui de l'affection.

» Il fut dès lors adopté par les militaires de tous grades de la gendarmerie d'Alger.

» Bête de race, il sentait parfois renaître en lui l'ardeur de ses premières années; aussi l'employait-on à dresser un jeune chien issu de sa race. Alors cette nature décrépite et presque inerte se réveillait comme par enchantement, retrouvait sa voix, d'ordinaire éteinte, et indiquait à l'élève le chemin qu'il fallait prendre; puis il s'arrêtait haletant.

» Il y a peu de temps, il assistait à une chasse au marais : un canard est abattu; il n'est que blessé. Le jeune chien se met à l'eau pour saisir le gibier ; mais l'oiseau nage encore, plonge et ne se laisse pas atteindre. Fanor, qui, pour l'honneur, ne veut pas laisser échapper cette pièce, se jette aussi à l'eau et fait des efforts incroyables. Tout à coup il pousse un hurlement de joie ; car, tout vieux qu'il est, il a mieux réussi que son compagnon ; mais ce fut son dernier, car, trop fatigué, il a besoin d'un suprême effort pour regagner la rive. On vient à son aide ; mais il n'atteint le bord que pour rendre le dernier soupir.

» Ce fut un deuil pour la caserne du faubourg Babazoun ; et longtemps encore, à la veillée, l'histoire de Fanor sera répétée aux nouveaux gendarmes par les anciens, comme un exemple de courage et de fidélité. »

VII

L E cœur et l'esprit des animaux sont comme un foyer où il dépend de l'homme de porter la lumière; tout est prêt pour la recevoir. Tout y existe au moins à l'état rudimentaire. C'est la lanterne magique dont les verres, l'huile et la mêche sont disposés : il ne manque plus que l'étincelle. Aussi faut-il être plus brute que la brute elle-même, pour détruire par de mauvais traitements un appareil merveilleux, dont un peu de compassion intelligente peut faire presque un homme.

On va voir à quels calculs un cœur de chien, échauffé par la reconnaissance d'un bon office, peut se livrer dans l'occasion.

2.

Il y avait une fois un chirurgien de campagne qui s'appelait Gottfried Franck. Il habitait Trautstein, en Bavière.

Un jour un maréchal-ferrant, dans un moment de colère, frappe son dogue et lui casse les reins d'un coup de marteau. Le compâtissant docteur apprend le fait, recueille le chien demi-mort et le panse, comme il eût fait pour un homme.

L'animal fut guéri, et il retourna, sans rancune, au service de son ancien maître.

Le docteur Franck se disait :

— Le cœur des chiens est étrange. Quoi ? Je sauve la vie à celui-là, et son premier soin, quand il se sent rétabli, est de me quitter pour le brutal dont il n'a reçu que des coups ! Est-ce un excès de discrétion ou de probité ? Est-ce, vis à vis de moi, de l'ingratitude ?

Il en était là, quand il entend gratter à sa porte.

— Entrez !

Personne ne répond. Le docteur se lève et va ouvrir. Que voit-il ? Le chien du maréchal amenant avec lui un roquet boiteux.

En quelques tours, jappements, frétillements et coups de langue et de queue, le chien du maréchal a bientôt fait entendre au docteur, qu'il le supplie de traiter son pauvre camarade comme il a été traité lui-même sous le même toit.

Franck, attendri, caresse ses deux pratiques et donne généreusement à la nouvelle ses soins gratuits et l'hospitalité.

Le docteur ne s'est point repenti d'avoir mêlé, à son ordinaire emploi vis à vis de l'humanité souffrante, un peu d'art vétérinaire, bien que sa femme le gourmande de panser les chiens pour l'amour des chiens... et de Dieu !

VIII

Il y a un chien qui a éclipsé la gloire de la plupart des autres, bien que son genre de mérite soit commun à tous les chiens de quelque mérite.

Je veux parler du chien *vengeur*, variété du chien *sauveteur*, moins utile que celui-ci, mais non moins touchant au point de vue de l'héroïsme, puisque les actes de tous deux procèdent du plus pur amour et de la plus noble vaillance. Vous avez déjà sur les lèvres le nom du chien de Montargis, le plus connu des chiens de haute et basse justice !

Cette histoire a beau être populaire, on aime à la relire et à la méditer.

S'il est vrai que les chiens aient la seconde
vue et découvrent ainsi ce qu'il est impossible
à l'homme d'apercevoir; si le chien aboie à
l'âme du trépassé qui s'envole; s'il distingue
de prime-abord l'honnête homme du scélérat,
à plus forte raison lui est-il aisé de reconnaître
le scélérat qu'il a surpris dans la consomma-
tion de sa mauvaise œuvre.

Une pareille confrontation fut fatale au chevalier Macaire, envieux, dit le bénédictin Bernard de Montfaucon, de la faveur que le roi
portait à un de ses compagnons, Aubry de
Montdidier, de Montargis.

Or, le chevalier Macaire épia si souvent le
chevalier Aubry, qu'enfin il l'attrapa dans la
forêt de Bondy, accompagné seulement de son
chien, simple lévrier d'attache.

Macaire tua son rival sans prendre garde au
lévrier; puis, s'étant sauvé prestement, revint à
la cour, dit Bernard de Montfaucon, *tenir bonne
mine.*

Cependant que faisait le chien du défunt?
Ne bougeant de dessus la fosse où l'assassin
avait enterré la victime, il y demeura pleurant
jusqu'à ce que, pourchassé par la faim, il se
décida à rentrer dans Paris, pour demander du
pain aux amis de feu son maître.

Et croira-t-on que la cuisine de ces honnêtes gens ait eu le crédit de faire oublier, au chien, le pauvre mort, qui dormait sans sépulture chrétienne dans un carrefour de la forêt de Bondy?

Point. Les lévriers ne passent pas pour avoir grande cervelle; mais ils sont doués du même cœur que les caniches les plus habiles et les plus lettrés. A peine rassasié, le chien du chevalier de Montdidier recourait pleurant et gémissant à la forêt, au funèbre rendez-vous.

Peut-être même n'avait-il consenti à prolonger sa vie misérable, que pour accomplir quelque grand et important dessein. Car, combien de chiens, en pareille situation, ont été trouvés morts de faim sur la dépouille de leur maître !

Tant et si bien qu'à force d'aller et de venir, toujours inquiet, toujours triste, toujours fidèle à repartir pour la forêt comme à rentrer dans Paris, le chien rendit attentifs les gens qui commençaient à compter les jours de l'absence de Montdidier.

L'animal fut suivi : c'était ce qu'il voulait. Un tertre fraîchement remué était le but de sa course. Il s'y arrêta. Les gens l'imitèrent. On remua le sol, et les traits défigurés du gentilhomme apparurent à ses amis, avec la première notion d'un exécrable forfait.

On rendit, faute de mieux, au trépassé, les honneurs de funérailles plus régulières; puis le chien suivit un parent de son maître. Ces deux douleurs s'étaient comprises et facilement confondues.

L'incident semblait vidé dans la mesure des forces humaines, et l'on se résignait à ignorer l'auteur de l'assassinat, lorsque le chien, apercevant par hasard le chevalier Macaire dans un gros d'archers, quitta subitement son nouveau patron pour sauter furieux sur cet homme.

L'insistance et la colère du lévrier éveillèrent les soupçons.

Le roi Charles V fut instruit de cet événement, et, suivant la coutume de ce temps-là, qui faisait dépendre d'un duel entre les parties, appelé jugement de Dieu, la manifestation de la vérité, ce prince ordonna que Macaire et le chien videraient leur différend en champ clos dans l'île de Notre-Dame.

On vit alors un spectacle inouï : un homme habitué à manier les armes, réduit à user de toute son adresse, de toute sa force, pour se garantir avec un gros bâton des attaques d'un lévrier. Puis, après mille efforts de part et d'autre, le chien du défunt parvenant, lui, chétif en comparaison, à saisir son adversaire à la gorge, et cela avec tant de frénésie que Macaire, succombant aux morsures du chien et à l'évidence de son crime, cria merci, avoua tout, et fut conduit au gibet en l'an de grâce 1371.

Cette anecdote curieuse se lit encore dans un livre de Julien Scaliger, et elle est attestée par plusieurs documents de l'histoire de Montargis, nommément par une gravure faisant partie de l'ouvrage intitulé : *Monuments de la monarchie française.*

Telle est l'histoire de cette fidélité et de cette vengeance de chien, qui réfute suffisamment, on l'espère, ce que plusieurs philosophes et naturalistes ont osé dire de l'inconscience et de l'automatisme des animaux, leur refusant une âme, parce qu'ils ne disputent point avec nous sur l'immortalité de l'âme ; un cœur agité des mêmes passions que le nôtre, parce qu'ils ne font ni tragédies, ni romans !...

IX

ETTE ardeur incomparable pour les *inté-rêts humains*, auxquels le chien sacrifie tous ses besoins personnels, n'a pas de symbole plus religieux que la recherche faite chaque hiver par les chiens du Mont-Saint-Bernard, au milieu de la neige et des avalanches, des pauvres voyageurs paralysés par le froid.

Nous ne les avons pas vus à l'œuvre, ces animaux inspirés du sentiment charitable qui exile les disciples du saint, en ce terrible défilé de montagnes, qui sépare la Suisse de l'Italie.

Mais, dans un voyage que nous fîmes, en

1839, dans ces régions austères, voyage à pied entrepris par plaisir, et d'où nous rapportâmes des pensées qui nous poursuivent encore dans la vie tempérée des plaines, dans l'existence tiède et bruyante de nos cités, nous passâmes trente-six heures à l'hospice des Bernardins.

Il était onze heures et demie du soir lorsque nous arrivâmes, cinq amis ensemble, à la porte de la maison hospitalière, et que nous tirâmes la chaîne répondant à la cloche d'appel suspendue à l'intérieur.

Un domestique des Pères, qui était de veille cette nuit-là, vint nous ouvrir, et, à peine avions-nous franchi le seuil, que nous vîmes, à travers la grille fermée d'un corridor, entre les cellules habitées par les moines, les molosses au pelage de couleur claire, aussi épais qu'une toison, qui, dans la belle saison, se promènent là, désœuvrés, mais, comme leurs maîtres, toujours prêts à remplir le devoir sacré du sauvetage.

Je ne sais quelle émotion me saisit à l'aspect de ces sauveurs d'hommes qui n'ont point, pour récompense de leurs bonnes œuvres, — la promesse d'une autre vie.

Quand ils affrontent la mort, c'est la mort *toute crue*, sans compensation, sans illusion !

Je m'attendris, en les caressant à travers les mailles de fer qui les séparaient de moi.

Le lendemain, en visitant la Morgue où, debout ou affaissés sur eux-mêmes, tant de trépassés ont été rangés par les religieux, à défaut de terre pour les ensevelir (puisqu'il n'y a dans ce lieu que la roche nue), je compris mieux la charité des Pères et le dévoûment de leurs chiens; car rien ne grandit à nos yeux une vertu, comme son isolement et l'inclémence de la sphère qui l'entoure.

Le lendemain était un dimanche d'été, relativement riant, puisque les routes étaient viables, au point de permettre à quelques centaines de paysans des vallées environnantes de venir en habits de fête au grand Saint-Bernard, pour la messe et pour le festin qui la suit. En effet, après l'office divin, je vis, dans un vaste réfectoire, s'asseoir, autour des tables en madriers, ces paysans de tout âge, et les Pères, debout, les servir comme le Christ lavait les pieds à ses apôtres.

Dès que cent convives étaient rassasiés, ils se levaient de table, et cent autres les remplaçaient.

Et toujours allaient d'une table à l'autre, découpant les viandes et versant à boire, les

douze maîtres, les douze seigneurs du manoir
de la Charité. Enfin, avec eux, allaient et venaient aussi leurs grands chiens, léchant avec
une douceur reconnaissante l'assiette vide de
ces pauvres gens, de ces paysans, de ces ouvriers, dont plus d'un peut-être avait, lui ou
les siens, dû la vie à ces héros quadrupèdes,
occupés humblement, à cette heure et sans conscience de leur mérite, à recueillir les miettes
du repas de leurs obligés.

Depuis cette époque, le vent des révolutions
a ébranlé la sainte demeure respectée par la
foudre. L'esprit niveleur a trouvé trop riches
ces religieux du Saint-Bernard, qui traitaient
les pauvres à table ouverte, les dimanches
d'été, en attendant la saison plus rude où ils
recueillaient les passants blessés, ou malades
de contagions, qui décimaient à leur tour les
Pères eux-mêmes... On les a pillés!...

Mais ceci est du domaine des passions po-
litiques, que *le cœur des bêtes* fait profession
d'ignorer!...

X

O<small>N</small> écrirait des volumes avec les seules anecdotes authentiques ayant les chiens pour héros. Que si, laissant pour un moment les chiens célèbres à leur gloire, je consulte mes propres souvenirs, j'y trouve d'obscures physionomies canines, que je ne puis me décider à vouer à l'oubli. Capitaine, Briffaude, Calypso, Mina, Gallidou, j'entends que vos noms me survivent!

Capitaine était un magnifique chien d'arrêt, descendant en droite ligne de la meute de Charles II, roi d'Angleterre, et qui mourut au champ d'honneur, à la chasse, à côté de mon père, grand Nemrod, qui rentra tout triste, et qui mit la stupeur dans la maison par ce seul mot :

— Capitaine est mort !

Un coup de sang l'avait jeté au fond du fossé qu'il franchissait d'un bond sur la piste d'un lièvre.

Capitaine avait été mon premier ami.

Briffaude, bassette de race, avait toutes les sensibilités de la mère et de l'amie dans ses grands yeux humides surmontés de sourcils fauves ; et, à la façon dont elle secouait ses interminables oreilles noires, on devinait tout ce qu'elle pensait.

Elle chassait à voix en artiste, tandis que mon père, assis à sa table et travaillant, suivait de l'oreille les phases de cette chasse.

Elle se faisait un jeu de promener ainsi à grandes guides les lièvres de la forêt de Champroux.

Parfois elle les ramenait jusque dans le jardin ; mon père, à qui cette ingénieuse attention était par elle adressée, saisissait alors son fusil chargé, demeuré dans l'embrasure de la fenêtre ; mais il arrivait le plus souvent trop tard.

Briffaude lui lançait un coup d'œil de reproche, et elle retournait au bois pratiquer un nouveau lancer.

Cette chasse inoffensive l'amusait, et nous avec elle.

L'intensité et la direction de la voix de Briffaude, dessinait pour l'oreille tous les circuits de sa course à travers les taillis et les prés voisins.

La nuit, couchée sur le tapis de lit de mon père, elle rêvait chasse, car elle était poète et rêveuse. On l'entendait respirer bruyamment, aboyer, et ses yeux ne s'étaient pas rouverts,

Briffaude eut Gallidou d'une union mal assortie.

Avant d'appartenir à mon père, elle avait mené la vie un peu aventureuse du braconnage avec un brave M***, qui avait la passion des exploits cynégétiques, et qui faisait volontiers dix-huit lieues dans ses vingt-quatre heures, quand Diane l'appelait au fond des bois.

Dans ses courses lointaines avec M***, Briffaude avait pu faire de médiocres connaissances... Toujours est-il qu'une belle fois elle vint déposer à nos pieds une progéniture d'une race moins ciselée et membrée moins noblement qu'elle. Nous aimions tant Briffaude, que nous gardâmes pour nous un de ces petits mâtins. Ce fut lui que l'on baptisa Gallidou.

Gallidou a été pour moi un ami de cœur, auquel je n'ose comparer aucun des autres amis que la Providence m'a donnés.

Je le dis sans vouloir offenser personne. Je n'établis la comparaison que sur un fait.

Lorsque, après des mois de douce et cordiale intimité, je dus me séparer de Gallidou, il m'accompagna jusqu'à la ville où j'allais prendre la diligence.

Jusque-là, rien d'extraordinaire. Nos semblables nous reconduisent aussi parfois jusqu'à la diligence !...

Mais, pressentant quelque tragique scène, je pris conseil de mon domestique, qui m'avait conduit en cabriolet, et qui s'appelait Ledoux.

— Ledoux, lui dis-je, tout est-il prêt?

— Oui, Monsieur; vos effets sont chargés et bâchés.

— Mais il y a le chien?

— Hélas oui, Monsieur!

— Comment faire?

— L'enfermer dans une écurie... il se tuera, ou bien il sautera par la fenêtre. L'attacher, il s'étranglera. Je crois qu'il vaut mieux l'emmener avant votre montée en diligence. Vous ferez semblant de marcher à pied devant le tilbury, où je le tiendrai comme il faut. Il croira que

vous y remonterez, et, par ainsi, j'en pourrai
venir à bout.

J'accueillis la proposition, et, hâtant le pas
devant mon cheval, je profitai du premier coude
de la rue pour m'éclipser sans fracas.

Tout alla bien jusqu'à la grande route. Mais
là, Gallidou inspecta l'horizon, flaira d'insaisissables pistes, et il comprit qu'on avait abusé
de sa candeur.

Alors il s'élança hors du tilbury par un bond
furieux. Une minute après, il était à mes pieds
dans la cour de la diligence.

J'étais justement occupé à le pleurer.

Il se coucha à mes pieds, de l'air de me
dire :

— Je mourrai là, ou tu m'emmèneras avec
toi !

J'allumai une cigarette pour me donner une
contenance. Ledoux reparut bientôt avec le cabriolet.

— Ah! Monsieur, me cria-t-il, il n'y a pas
moyen !

— Et si je l'emmenais?...

Ainsi parlai-je, car je ne me résignais plus;
pas plus que mon chien.

— Monsieur, répartit Ledoux, vous feriez
peut-être bien!

Je me consultai un moment, et je reconnus l'impossibilité d'un pareil projet.

Soudain je saute dans le tilbury. Gallidou m'imite.

Nous faisons ainsi trois cents pas ensemble. Gallidou semblait partagé entre l'espoir renaissant du bonheur et l'appréhension d'un nouveau chagrin.

Quand je redescendis, mon pauvre chien était garotté solidement, et Ledoux me dit :

— Maintenant il n'y a pas moyen qu'il puisse se sauver.

Néanmoins il se trouva couché sous la banquette de la diligence, quand je vins m'y asseoir, le cœur navré, pour partir.

Il y eut là une lutte, des grincements de dents, je ne sais quoi d'horrible, que l'impatience du conducteur de la diligence abrégea ; car il se faisait tard...

Je n'ai jamais revu Gallidou.

Jamais je ne prononce son nom, sans que le sang reflue vers mon cœur... Jamais ami n'a fait autant de difficultés pour prendre congé de moi. Jamais je n'ai vu mordre ni écumer de rage un camarade dont la nécessité me séparait.

Mais un chien n'est pas *raisonnable!*... C'était là ce que je voulais dire en commençant...

XI

CALYPSO ne m'appartenait pas. Mais, comme j'étais l'ami de ses maîtres, il m'avait adopté. C'était un roquet blanc et jaune. Je n'ai jamais su positivement pourquoi son patron avait donné le nom d'une déesse à un chien, qui n'était même point une chienne. Comme je le pressais de questions là-dessus, ce brave paysan me répondit que *c'était pour se faire un peu de plaisir.*

Chacun prend son plaisir où il le trouve!

Mon ami était un cultivateur honnête qui n'entendait pas la mythologie, mais qui avait appris à lire dans Télémaque.

C'est Calypso que j'ai cru perdre dans le

temps de la récolte des pommes de terre, et que nous avons retrouvé au bout de vingt-quatre heures, gardant un*sac, à moitié vide, que nous avions oublié dans un champ. Calypso y serait mort, comme la vieille garde, plutôt que de se rendre.

Le sac ne renfermait pas pour trois francs de pommes de terre.

Quant à Mina, autre ami d'élection, car il ne m'appartenait pas non plus, il avait des fantaisies drôlatiques, des susceptibilités humaines.

C'était un spitz jeune, grand ennemi des taupes et des rats, qu'il tuait par amour pour l'agriculture, mais nullement pour les manger, car il avait, de ces festins, une sainte horreur.

Mina avait pour épouse une *Fanchette*, croisée d'épagneul et de lévrier, qui n'avait d'intéressant qu'un culte de vénération pour son sévère époux.

Il la grondait, quand elle manquait de discrétion dans sa sollicitation d'un morceau de sucre.

Ce n'est pas à dire pour cela qu'il dédaignât le sucre. Loin de là. Mais il prenait les postures les plus suppliantes, pour demander cet objet de ses convoitises; et jamais il n'aurait élevé la voix pour en accélérer la venue.

Quand il me perdit, il ne se résigna certainement qu'en prenant le change, et croyant que mon absence durerait, comme les précédentes, quelques semaines au plus.

Par là, lui et moi évitâmes les attendrissements qui avaient signalé ma séparation d'avec Gallidou.

XII

Voici peut-être la place d'un récit qui ne m'est point personnel ; mais je le tiens d'un mien ami, qui était aussi l'ami des bêtes.

Auguste Salzman, bien connu des amateurs pour un peintre orientaliste de talent, était à Constantine.

'A Constantine, il y a des chiens.

Un jour Salzman fut abordé par un chien inconnu, qui se détacha d'un groupe de ses pareils pour suivre l'artiste.

Salzman fut flatté de cette préférence.

— Bon ! se dit-il en lui-même, ma figure lui aura plu !

Ils s'abouchèrent et s'entendirent à merveille. Les gens d'esprit et les chiens de cœur ont été créés les uns pour les autres.

Salzman introduisit son nouvel ami dans son domicile. Soins touchants, caresses constantes, garde fidèle des toiles, de la palette et de la porte, factions nocturnes au pied du lit, tout dans la conduite de ce chien sans nom, confirma Salzman dans l'estime qu'il avait préconçue du caractère de son hôte.

Un jour Salzman partit pour une excursion artistique de quinze jours. Tout bien considéré, ce chien pouvait avoir un maître légitime, et Salzman ne crut pas devoir l'emmener avec lui.

Bref l'artiste revient de sa tournée et paraît sur la place publique de Constantine. Le chien délaissé par lui quinze jours auparavant, y était couché à l'ombre et plongé dans une noire mélancolie.

A l'aspect de Salzman, il se lève; mais il ne peut encore en croire ses yeux.

— Vision d'un cerveau de chien exalté par la souffrance, fantôme trompeur qui te dresses devant moi pour me faire croire au retour de ce cher Salzman!... Hélas! ce ne doit être que l'ombre de Salzman!...

Ainsi semblait parler en lui-même le chien abandonné.

Cependant s'étant mis en marche, il décrivait un grand cercle autour de la place, mais sans tourner franchement la tête du côté du voyageur.

— Si c'est bien lui, pensait le chien, voyons s'il me reconnaîtra !

— Il me semble que voilà *Sans-Nom*, songeait de son côté le peintre Salzman.

Cette muette péripétie du drame se prolonge par le plus expressif des jeux de scène. Le chien anonyme tournait, se rapprochait obliquement, mais en affectant toujours de ne pas regarder Salzman ; et il ne levait ses yeux humides de larmes que jusqu'aux genoux du voyageur.

Salzman se sentit ému.

— Pauvre ami, lui cria-t-il de sa meilleure voix.

A cette interpellation directe, le chien s'élance vers son ami et lui prodigue les caresses les plus follement passionnées. Il aboyait, gambadait, s'éloignait et puis revenait à fond de train, comme pour raviver sans fin la première minute, et faire renaître le premier bonheur de cette réunion.

Mais *Sans-Nom*, pour un motif de discrétion sans doute, et qui sera compris des âmes sensibles et ombrageuses, ne suivit pas le peintre dans sa demeure.

— Bah ! pensa le chien, Salzman ne m'aura pas abandonné sans cause : il aura fait cette absence pour secouer le joug importun de mon amitié ! L'homme se lasse de tout !... pourquoi pas aussi d'un chien ?... J'attendrai qu'il me convie à reprendre chez lui ma place accoutumée. Alors seulement je croirai n'avoir point perdu celle que j'occupais dans son cœur !

Salzman (il me l'a avoué depuis avec regret) ne comprit pas d'abord cet artifice de délicatesse. Il ne s'attendait point à trouver chez un chien de Constantine, en Algérie, des sentiments aussi raffinés que celui-là. Enfin, quelqu'un lui offrait un chien plus jeune, plus joli que l'autre, et cet autre pouvait et devait avoir retrouvé un maître !... Bref, le peintre donna un successeur à l'infortuné *Sans-Nom*.

Le premier jour où il sortit, escorté de sa nouvelle acquisition, un pressentiment vague l'avertit qu'il allait assister à quelque chose d'humiliant et de terrible. A peine eut-il doublé le cap de sa maison, que *Sans-Nom*, le chien des anciens jours, lui réapparut.

3.

Il était immobile et dressé comme le lion de la place Saint-Marc, à Venise. Il barrait la ruelle, le poil hérissé, l'œil ravagé par la douleur.

Sans-Nom toisa son rival, en fit le tour, sans le toucher du bout du nez ni des dents, lança à l'artiste un regard ineffable de reproche, d'indignation et de tendresse, comme pour lui dire :

— Il est donc vrai? Mes soupçons étaient fondés! Voilà celui que tu m'as préféré? Il est jeune, il est beau, il est fat! Hélas! je n'avais pour moi qu'un bon cœur...

Salzman assure qu'il comprit ce langage muet, et il tendit, en l'appelant, les mains à ce pauvre délaissé.

Mais l'autre leva fièrement l'oreille et la patte.

— Assez! disait le geste de *Sans-Nom*. Trève d'insultes! car ta pitié même est une insulte!... Assez! assez!

Salzman se sentit rougir, se mordit les lèvres et passa outre.

Il rendit le jour même le chien *neuf* à la personne qui le lui avait donné. Mais le lendemain, quand il alla sur la place dès l'aube, son pied faillit heurter un cadavre.

C'était le cadavre de son vieux chien.

XIII

Voici, pour en finir avec les chiens, un trait raconté et certifié par M. Quitard, dans le *Bulletin de la Société protectrice des animaux* :

Un individu que, pour son honneur, il vaut mieux ne point nommer, avait un vieux chien de Terre-Neuve dont il voulut se défaire, par économie, dans l'année où la gent canine fut frappée d'un impôt.

Cet homme, en vue d'exécuter son méchant dessein, mène son vieux serviteur au bord de la Seine, lui attache les pattes avec une ficelle, et le fait rouler de la berge dans le courant.

Le chien, en se débattant, parvint à rompre ses liens, et le voilà qui remonte à grand'-peine et tout haletant sur la rive escarpée du fleuve.

Ici même son indigne maître l'attendait un bâton à la main.

Il repousse l'animal, le frappe avec violence; mais il perd l'équilibre dans cet effort, et tombe à la rivière à son tour.

Il était perdu sans ressource, si son chien n'eût été qu'un homme comme lui.

Mais le terre-neuvien, fidèle au mandat que les chiens de son espèce ont reçu de Dieu, et qu'on nomme instinct pour se dispenser de la reconnaissance, oublie en une seconde le traitement qu'il vient de recevoir, et il s'é-lance dans les eaux même qui avaient failli l'engloutir, pour arracher son bourreau à la mort.

Il y parvient, non sans peine.

Et tous deux retournent au logis : l'un hum-blement joyeux d'avoir accompli sa bonne œu-vre et obtenu sa grâce, l'autre désarmé, re-pentant peut-être...

Qu'on ne me parle plus du chien de Mon-targis!

Le lévrier du sire de Montdidier est sans

doute un héros; mais le terre-neuvien de cette anecdote est un saint.

Les payens lui auraient dressé quelque temple.

Hélas ! personne n'a pu seulement me dire son nom !

XIV

Monsieur Quitard demande que l'on fasse usage des vertus canines, pour piquer d'honneur les humains, si rarement généreux.

Ce livre a pour objet de remplir le vœu d'un aussi honnête homme, tout en lui laissant la responsabilité d'un mot, charmant d'humeur, mais d'une rigueur extrême :

« L'homme est une bête, moins l'instinct. »

XV

MAINTENANT veut-on savoir à quels misérables sophismes recourent ceux que la compassion envers les animaux importune, et qui ne leur gardent aucune place dans leur cœur?

Gomez Pareira, médecin espagnol, osait écrire, en 1554, que les bêtes sont *des machines articulées* et qu'elles n'ont point de *sentiment*.

C'est le mot d'un peuple qui a le privilége des combats de taureaux!

Mais ailleurs? mais en France?

Hélas! Malebranche, mort en 1715, c'est-à-dire environ un siècle et demi plus tard, a soutenu la même thèse que Gomez Pareira.

Heureusement pour sa gloire, le célèbre ora-
torien en a soutenu de meilleures !

Toujours est-il que, se promenant un jour
avec un ami, il donna un coup de pied à une
chienne sur le point de mettre bas, et lui ar-
racha un cri de douleur. Son ami lui repro-
chant son action, il répondit :

— *Croyez-vous que cela sente quelque chose?*

A quelles extravagances les plus grands esprits peuvent se porter !

Les mêmes erreurs avaient été soutenues
par Descartes (*), dont Malebranche fut le disciple.

Chers enfants, noble jeunesse de mon pays,

(*) Chez M. C***, graveur à la banlieue de Paris, un serin
et un chardonneret partageaient la même cage, et, malgré
leur différence d'origine, les jolis captifs vivaient dans la meilleure intelligence, se faisant force amours, gazouillant et chantant à qui mieux mieux : c'était une musique perpétuelle.

Or, il y a quelques jours, pendant que la demoiselle du
graveur accrochait un échaudé dans la cage, le canari lui
glisse le long de la main, s'échappe et prend la clé des champs.
Aussitôt le chardonneret d'en vouloir faire autant : mais,
halte-là ! on l'arrête au passage, et c'est du fond de sa prison
remise en place qu'il répond aux joyeux appels que, d'un arbre
voisin, lui adresse son camarade évadé.

A partir de ce moment-là, le chardonneret cessa de chanter. Relégué dans un coin, pelotonné en boule et la tête ca-

aimez les animaux et ne souffrez jamais que, devant vous, on les maltraite injustement, ni, à plus forte raison, qu'on les torture!

Il y a du bon dans le respect des Orientaux pour la vie animale : seulement ce respect va jusqu'au fétichisme, chez des peuples qui ne respectent guère la vie des humains!

La justice et la compassion, dirigées par le bon sens, ne sauraient s'adresser exclusivement tantôt à nos semblables, tantôt aux bêtes.

Mais notre conscience nous défend bien haut d'en exclure ces dernières. *Qui sait si l'âme des animaux descend en bas?...*

Qui demande cela? SALOMON. (*Eccles.*, IV, 21.)

---

chée sous l'aile, il ne voulut plus ni boire ni manger; ce que voyant, la jeune personne se mit en quête d'un autre canari. Dès le lendemain, elle lui donna un autre compagnon, et l'on crut un instant à l'efficacité du remède, car en entendant voleter le nouveau venu près de lui, le pauvre prisonnier lève la tête, change d'allure aussitôt, et fait entendre un joyeux sifflement; mais l'illusion est de courte durée; il s'aperçoit bien vite que ce n'est pas celui qu'il regrette, et comme la turbulence du remplaçant l'importune au contraire, il se fourre dans sa mangeoire, reprend sa position première, et, le lendemain, il était mort.

« L'animal n'est qu'une machine, disait Descartes, et l'homme seul est capable de sentiment! » Descartes a-t-il vu beaucoup d'hommes regretter à ce point un ami?

XVI

BUFFON a été plus juste envers les animaux que ses devanciers. Est-ce à dire pour cela qu'il ait pénétré plus avant que ses contemporains dans le véritable génie du règne animal?

Non. L'esprit humain ne faisait que s'essayer alors à l'étude de la nature, et l'illustre écrivain a subi les erreurs et les opinions de son temps.

De ces erreurs je n'en relèverai qu'une, prise au hasard dans la première des pages de ses livres qui me tombe sous la main :

« Si les animaux, dit Buffon, étaient doués de la faculté de produire une série d'actions dirigées vers le même but, n'en verrions-nous pas quelqu'un prendre l'empire sur les autres et les obliger à lui chercher la nourriture, à le veiller, à le garder, à le soulager quand il est malade ou blessé? »

Pour ce qui est d'une série d'actions dirigées vers le même but, considérée comme preuve d'intelligence de la part des animaux, je pourrais me borner aux pages qui précèdent sans y ajouter l'anecdote dont je fus acteur involontaire il y a environ deux ans :

J'étais à la campagne chez Paul du Plessis, un de nos romanciers les plus populaires. J'étais à table avec lui, entouré de sa meute, admise à prendre part à notre rustique festin.

Tout à coup, le doyen de la meute, un épagneul de haute encolure, m'aborde en frétillant d'un air aimable et m'offrant dans sa gueule mon chapeau, que je ne croyais pourtant point avoir laissé tomber.

Touché de ce bon procédé, tout spontané de la part du chien, je saisis une tartine de pain beurré que je me destinais à moi-même, et je la lui offre en échange de mon chapeau et en reconnaissance du service rendu.

Un moment après, l'épagneul revint à moi, m'apportant ma serviette, que je ne croyais pas non plus avoir laissé glisser à terre. Nouveau remerciement de ma part, sous forme d'une seconde tartine.

Enfin, et comme j'avais oublié les politesses du chien, il revient à la charge et me présente cette fois mon mouchoir de poche. Je récidive, et je maudis ma distraction qui m'avait fait égarer du même coup mon mouchoir et mon chapeau ; mais, sur ce point, Paul du Plessis éclate de rire.

— De quoi riez-vous ? lui dis-je.

— Du goût de mon épagneul pour le beurre et des moyens qu'il emploie pour s'en procurer.

— Il paraît, dis-je en riant à mon tour, que je la lui ai baillée belle, en jetant tout et le mettant, par là, à même de tout ramasser !

— Nullement, répartit du Plessis, vous n'aviez ni jeté votre chapeau, ni laissé tomber votre mouchoir et votre serviette. Mon chien a renversé le chapeau du divan pour se donner à vos yeux le mérite de le rapporter. Il a, pendant que vous mangiez, tiré bas la serviette dans le même but, et enfin, tandis que nous causions, escamoté comme un filou votre mouchoir dans votre poche. Toujours histoire *de beurre !*

Voilà comment, *par une série d'actions dirigées vers le même but*, un animal *avait pris
l'empire non pas sur un autre animal*, mais, ce
qui est plus fort, *sur la volonté d'un homme* et
la faisant servir à ses fins! N'en déplaise à M. le
comte de Buffon!

Quant au soulagement mutuel, résultant non
de l'autorité prise par un animal sur les autres,
mais de la compassion, de cette sensibilité dont
nous sommes si fiers et dont nous ne donnons
pourtant pas toujours l'exemple, le chien guéri
par le docteur Gottfried Franck nous a montré suffisamment jusqu'où l'espèce canine peut
pousser les raffinements de la charité.

Les chevaux, dont nous allons parler maintenant, nous présentent aussi cet attachant
spectacle.

Oui, sans violence de la part du vieux cheval
édenté, affaibli, et par le seul ascendant que
donne aux débiles sur les forts la pitié dont
les forts sont capables, ce vieux cheval édenté,
affaibli, voit ses camarades plus jeunes, plus
vigoureux, triturer de leurs vaillantes dents
les aliments qu'ils versent ensuite devant
le vieillard, pour lui procurer ce qui lui
manque.

Ce fait, tant de fois constaté dans les camps

de cavalerie, était connu du temps même où Buffon le déclarait capable de modifier son opinion sur l'absence de raisonnement suivi chez les animaux! Qu'aurait-il dit, s'il eût mieux connu les travaux des termites et des abeilles?

XVII

Il n'y a point de chevaux naturellement vicieux; mais il y a des chevaux à qui les mauvais traitements infligés dès leurs premières années ont fait contracter de mauvaises habitudes. Parfois même, à un moment donné, un cheval connu jusque-là par une grande docilité, conçoit, par indignation des brutalités dont il est l'objet, un ressentiment profond, une secrète soif de vengeance.

Et alors malheur à l'homme qui a abusé de son pouvoir!

Je trouve le fait suivant dans un numéro de la *Patrie* de septembre 1857 :

« Le marché Saint-Honoré a été, avant-hier,

entre midi et une heure, le théâtre d'une scène effrayante. Un voiturier, qui venait d'amener du bois de charpente destiné à une maison en construction, ayant déchargé sa voiture et voulant s'en retourner, lança un violent coup de fouet à son cheval pour le faire démarrer.

» Surpris par ce coup inattendu et par la douleur qu'il lui causa, le cheval se mit à hennir furieusement, et, sautant sur son maître, les jambes de devant levées et la bouche ouverte, il le saisit avec rage par un bras, et se mit à le secouer horriblement.

» Aux cris perçants du malheureux voiturier, plusieurs cochers de fiacre accoururent, armés de leurs fouets; mais plus ils frappaient le cheval, plus ils excitaient sa fureur. Il se cabrait, puis, frappant le sol de ses quatre fers, mettait l'homme à terre, puis l'enlevait brusquement. Enfin, il lâcha prise.

» Mais le voiturier avait le bras à moitié disloqué et dénudé jusqu'à l'os.

» On assure que cet homme avait pris la funeste habitude de battre souvent ce cheval avec violence. Le cheval lui en gardait rancune, et il avait plusieurs fois essayé de se venger. »

Autre exemple :

« A Yvetot, un charretier accablait de coups

de fouet son cheval récalcitrant. Tout à coup celui-ci, parvenu à se dégager des liens qui l'attachaient à la charrette, s'élance vers son maître et le renverse ; puis, l'ayant vu se relever, il se dresse sur ses pieds de derrière et le renverse encore une fois. On eut toutes les peines du monde à le soustraire à la fureur de l'animal. Ce qu'il y a d'extraordinaire, c'est qu'à peine ce cheval eût-il assouvi sa vengeance sur cet homme, il redevint très-doux et se laissa conduire à l'écurie avec la plus grande docilité. »

Ce fait a été communiqué à la Société protectrice par M. Aillaud, de Rouen.

XVIII

IL est impossible de trouver un serviteur plus ardent au service de l'homme que le cheval, dans les conditions normales de la force et de la santé.

Aucun labeur ne l'effraie. J'en ai possédé, pendant plus de quinze ans, un que les guides ne servaient qu'à retenir. Et encore a-t-il trouvé, en tirant de lourds fardeaux avec trop de vivacité, le moyen de devenir poussif.

Le seul excitant qui lui fût nécessaire était un encouragement de la voix. Mais surtout, lorsque son conducteur faisait mine de lui venir un peu en aide, il devenait indomptable et comme ivre de courage.

Reconnaissance! Émulation!

Les chevaux fainéants sont des chevaux rebutés par les coups, par la surcharge, ou mal nourris.

Celui dont je parle avait cependant une mauvaise habitude. A un certain angle de rue d'un village, il s'arrêtait court, et quoi qu'on pût faire, tournait brusquement du côté de l'écurie.

Cela venait de ce que, de ce village à la ville prochaine, il avait souvent fourni, en dehors de ma surveillance, une trop longue, trop pénible étape; et il avait gardé, de la route conduisant à cette ville, un désagréable souvenir.

S'il eût connu quelque relai de rafraîchissement sur cette route, il ne l'aurait point prise en aversion; car c'est *toujours malgré lui* que le cheval se refuse aux désirs de son maître.

La résistance d'exception est toujours une *suggestion raisonnée*, et il y aurait alors sagesse à consulter ses répugnances, ne fût-ce que pour découvrir le secret de les vaincre.

Voici un morceau dû à la plume du docteur Perner, de Munich, et qui représente au vif l'horreur des mauvais traitements infligés aux pauvres chevaux :

L'HOMME ET LA BÊTE

« Une voiture pesamment chargée, attelée d'un cheval et conduite par un homme, avait à gravir une côte escarpée. La bête, sous le harnais, tirait avec courage; l'homme, armé d'un fouet, frappait avec vigueur; tous deux voulaient la même chose : l'arrivée du fardeau au sommet de la colline; mais, hélas! le char n'avançait guère : parfois il reculait, et nos ouvriers étaient à bout de forces et d'inventions.

» — Hue! criait le charretier.

» — Je voudrais avancer, pensait le cheval; mais je ne puis pas.

» — Ah! Rossinante, dit le premier, appliquant un vingtième coup de fouet.

» — Cela ne me donne pas de forces, pensait le second; au contraire, je souffre un peu plus, et je puis un peu moins!

» — Ah! brigand, tu ne veux pas marcher? Pan! Et le fouet acheva l'exhortation.

» L'exhorté ne répondit rien et n'en tira pas mieux.

Il aurait bien voulu monter, ne fût-ce que pour éviter les coups; mais, hélas! les coups pleuvaient comme grêle, les forces de la bête s'épuisaient sous la souffrance, et son compagnon frappait toujours.

» Mais, pour ne pas médire, ne désignons personne par son nom, et laissons au lecteur le soin de reconnaître à son rôle chacun de nos deux personnages. L'un des deux désirait frapper l'autre, sans s'exposer lui-même à des coups; mais ce n'était pas facile, car tous deux avaient des jambes, tous deux des dents, et tous deux du fer à leur service, l'un aux pieds en demi-cercle, l'autre aux mains en lame de couteau.

» L'*un* lance un coup de pied; l'*autre* le reçoit sans se plaindre.

» L'*un* mord l'oreille de son voisin; l'*autre* secoue la tête et ne dit rien.

» L'*un* frappe de son fer le ventre de son collègue; l'*autre* pousse un gémissement.

» L'*un* fait jaillir une étincelle et allume un tas de paille aux pieds du second; l'*autre* brûle, bondit et retombe épuisé.

» L'*un* crie, frappe, frappe encore, devient

furieux, tandis que sa victime tâche d'échapper
au feu.

» Enfin, l'*un* écume de rage, l'*autre* de fatigue ; l'*un* est rouge de sa colère, l'*autre* de
sang !...

» Lecteur, je vous le demande, quel est l'*un*,
quel est l'*autre ?* Quelle est la bête brute ? Quel
est l'animal raisonnable ? Lequel des deux a le
moins d'*humanité ?* »

« Le cheval, dit Buffon, meurt pour mieux
obéir. »

« Le bœuf et l'âne, dit un prophète, reconnaissent leur maître ; tandis que l'homme oublie qu'il a son maître en Dieu ! »

Victor Hugo, bien inspiré, a dit en fort beaux
vers environ la même chose *sur l'homme et sur
la bête :*

Le pesant chariot porte une énorme pierre ;
Le limonier, suant du mors à la croupière,
Tire, et le roulier fouette, et le pavé glissant
Monte, et le cheval, triste, a le poitrail en sang.
Il tire, traîne, geint, tire encore et s'arrête ;
Le fouet noir tourbillonne au-dessus de sa tête.
C'est lundi : l'homme hier buvait *aux Porcherons*
Un vin plein de fureurs, de cris et de jurons.
Oh ! quelle est donc la loi formidable qui livre
L'être à l'être, et la bête effarée à l'homme ivre ?

L'animal éperdu ne peut plus faire un pas ;
Il sent l'ombre sur lui peser ; il ne sait pas,
Sous le bloc qui l'écrase et le fouet qui l'assomme,
Ce que lui veut la pierre et ce que lui veut l'homme.
Et le roulier n'est plus qu'un orage de coups
Tombant sur ce forçat qui traîne les licous,
Qui souffre et ne connaît ni repos ni dimanche.
Si la corde se casse, il frappe avec le manche,
Et, si le fouet se casse, il frappe avec le pied.
Et le cheval tremblant, hagard, estropié,
Baisse son cou lugubre et sa tête égarée.
On entend, sous les coups de la botte ferrée,
Sonner le ventre nu du pauvre être muet !
Il râle, tout à l'heure encore il remuait ;
Mais il ne bouge plus, et sa force est finie ;
Et les coups furieux pleuvent. Son agonie
Tente un dernier effort ; son pied fait un écart,
Il tombe, et le voilà brisé sous le brancard.

XIX

Vous le croiriez difficilement, mon jeune lecteur, l'abus du fouet et de l'éperon n'est pas le seul attentat quotidien commis par l'homme sur ces nobles animaux, si prodigues de leurs sueurs dans la vie ordinaire, de leur sang sur les champs de bataille : l'homme a recours à des raffinements de cruauté prémédités, pour obtenir du cheval ce qu'il n'a pu obtenir par des moyens avouables.

En voici un, récemment imaginé par les cochers de place de la ville de Paris : il leur fait honneur !...

A l'aide d'une pâte caustique et de cantharides, ils font, sur l'épaule de leurs pauvres bêtes, un large vésicatoire, et choisissent cette place pour les frapper de leur fouet.

La douleur qui en résulte est si vive, qu'on voit les chevaux tressaillir chaque fois que l'instrument du supplice touche cette plaie, habilement déguisée sous une couche de couleur noire.

Heureusement les tribunaux de police correctionnelle et la loi Grammont sont là pour punir et faire cesser de pareils actes de barbarie.

En Algérie, où l'âne, sinon le cheval, est, si possible, encore plus maltraité que chez nous, on lui pratique en vive chair, avec un couteau, une petite cavité conique où l'on enfonce un bâton pointu pour activer la marche du pauvre souffre-douleur.

Il est vrai que plusieurs d'entre vous, Mesdemoiselles, peut-être plus par étourderie qu'avec la conscience du mal qu'elles font, n'hésitent point à se servir d'épingles, pour faire courir l'âne sur lequel elles se juchent en partie de plaisir. Sous ce rapport, et toute proportion gardée, ces jeunes chrétiennes n'ont rien à reprendre dans la conduite des Musulmans à l'égard de maître Aliboron.

Mais, de tous les méfaits de cette nature, les

4.

deux plus horribles, et ceux sur lesquels chacun devrait, par motif de conscience, appeler toute la sévérité des lois, consistent :

L'un, à choisir pour traîner les voitures de déménagement des chevaux mourants, estropiés, condamnés à l'équarrissage, et à les rouer de coups durant leur agonie, pour suppléer par là à la nourriture qu'une ignoble avarice leur refuse à leur dernière heure.

Autant vaudrait utiliser les convulsions d'un moribond, pour faire mouvoir la roue du rémouleur ou quelque machine à moudre le grain !

L'autre consiste à pousser vivants, dans les marais de la Gironde et de l'Oise, pour y servir de pâture aux sangsues qu'on y élève en grand nombre, des chevaux, qui meurent ainsi, sous l'action d'une lente saignée, se prolongeant quelquefois plusieurs semaines.

Cela fait la fortune de certaines gens.

Je songe que cela se renouvelle incessamment, a lieu à l'instant où je tiens la plume, et la plume s'échappe de ma main...

XX

VOILA l'histoire du cheval livré à l'homme.
Voyons ce que deviendra l'homme livré
par accident au cheval. Voyons ce prisonnier de guerre pieds et poings liés dans le
camp ennemi.

Il gît à terre, meurtri, sanglant, découragé.

Mais, dans la razzia, les chevaux ont été faits
prisonniers comme les hommes; et un ami reconnaît, dans les ombres du soir, le prisonnier
blessé.

C'est son cheval.

Entravé lui-même, il ronge de ses dents son
entrave d'abord, puis les cordes serrées autour
des membres de son maître.

Hélas! le maître, rendu miraculeusement à la liberté, est trop affaibli, ses membres sont trop engourdis pour qu'il puisse se relever et sauter en selle.

Que fait le noble coursier?

Le temps presse. La nuit finira trop tôt. En vain il a offert son dos complaisant à son cavalier défaillant : le cavalier démonté est demeuré à terre.

Alors le cheval le saisit avec ses dents à la ceinture; et, se fiant à la puissance de ses mâchoires, des vertèbres de son col flexible et nerveux, à la vitesse de ses pieds, il enlève le blessé et l'emporte sans bruit loin du camp, en galopant ventre à terre.

Ce cheval, dont toutes les caravanes d'Afrique savent l'histoire, est le type de la race arabe, un type glorieux qui n'a pas dégénéré.

« J'ai vu, écrit l'émir Abdel-Kader au général Daumas, j'ai vu un cheval dont la jambe cassée n'était retenue que par la peau; il continua à courir, en s'appuyant sur sa jambe saine, jusqu'à ce qu'il eût enlevé son maître hors du champ de bataille. Et alors seulement il tomba!... »

XXI

C'EST dans la manière dont le peuple espagnol traite les animaux et en particulier les bêtes de somme, que semble s'être réfugiée la cruauté traditionnelle de cette nation.

« Les bêtes de trait, les chevaux, les mulets si utiles dans les montagnes, ne sont pas épargnés, malgré les importants services qu'ils rendent. Attelés aux voitures, ils sont menés à force de coups, jamais autrement. Le conducteur frappe sur son attelage avec la même insensibilité que l'ouvrier sur son enclume; il ne soupçonne point en apparence la souffrance éprouvée; mais il sait qu'en frappant fort, il fera marcher plus rapidement l'attelage. Sa colère est celle de l'homme emporté auquel le fer résiste.

« Les attelages sont formés de chevaux, de mulets le plus souvent attachés deux à deux, à la file les uns des autres. Comme les bêtes sont nombreuses (de dix à seize pour l'ordinaire), il en résulte un attelage extrêmement long, sinueux par moments et d'une grande difficulté de conduite, dans les tournants de route principalement. Comme on ne peut l'avoir entier dans la main, il est mené par trois conducteurs différents. Le premier, le *mayoral*, est assis sur le devant de la diligence et tient les rênes de deux chevaux ou mulets attelés contre la voiture : il sert de guide au fond de l'équipage. Sur l'une des bêtes du couple marchant en tête est assis le *delantero*, qui dirige le front. Mais le corps de l'équipage, c'est-à-dire les chevaux et les mulets compris entre le premier et le dernier couple, sont menés par le *zagal*. C'est en lui qu'éclatent tout à fait la violence et l'insensibilité espagnoles.

« Qu'on imagine un attelage condamné à tout gravir au galop, même les montées les plus raides ; qu'on imagine courant à côté des mulets, courant presqu'aussi vite et se reposant à peine sur un siége étroit fixé à l'extérieur de la diligence, un homme alerte, robuste, disposé à tout entreprendre avec emportement pour accélérer le train de l'équipage : et c'est à peine si l'on pourra se figurer les scènes odieuses ou grotesques qui se passent entre le zagal et ses mulets.

» Le côté grotesque, ce sont les jurements, les invectives, les cris gutturaux et inarticulés, les trépignements, les contorsions. Mais le bâton intervint bientôt et longtemps, car le zagal est rarement armé du fouet, et s'il en tient un, c'est avec le manche qu'il frappe.

» Il frappe partout : à la tête, sur les oreilles, sous le ventre ; il use de la pointe du bâton comme de la pointe d'une épée, il l'enfonce dans les chairs, il cherche un endroit douloureux, une plaie vive, une blessure ancienne à raviver. Le bâton se casse et ne suffit plus à ses transports ; la colère du zagal arrive alors au paroxisme. Il saisit l'animal à la bride, au collier ; il s'y cramponne, et, emporté par lui, il l'accable de coups de poings, de coups de pieds, il l'attaque aux dents, aux yeux, comme un ennemi personnel qu'il voudrait détruire. Enfin, succombant à la fatigue, il vient tomber sur son siége, en criant et ju-

rant encore d'une voix enrouée. Mais il n'y reste
que le temps de réparer ses forces...

» Ai-je besoin d'ajouter que le zagal reçoit,
dans l'exercice de ses fonctions, tout le concours du delantero et du mayoral?... Du reste,
c'est parmi les zagals que se recrutent d'ordinaire
les mayorals; les delanteros, à leur tour, sont
appelés à devenir zagals, si Dieu leur prête vie.

» Pauvres delanteros ! Ce sont des enfants
de quinze ans qui tiennent l'emploi de postil-
lons, sans qu'il y ait pour eux le repos des re-
lais. Vous les prenez à Madrid ; d'un seul trait
ils vous accompagnent à cheval jusqu'à Grenade
durant quarante heures de route. Et pareille
chose se passe dans toute l'Espagne!... Aussi
une pitié ironique leur a-t-elle donné le sobri-
quet de *condamnés à mort ;* il en est peu qui
résistent à ce cruel métier.

» Outre le zagal officiel, il y a le zagal ama-
teur. C'est le premier piéton venu, un berger
désœuvré qu'on rencontre, un cultivateur qui
travaille à son champ et qui le quitte, en voyant
venir la diligence, pour envoyer à l'attelage une
volée d'injures, une grêle de pierres, une *dé-
gelée* de coups de bâtons. Le zagal officiel, ainsi
secondé, comble le zagal officieux de *gracias*
et de bénédictions.

» Voilà comme on agit en Espagne, et l'on y reproche aux mulets d'être *vicieux !...* »

Les détails que l'on vient de lire sont empruntés à une correspondance de M. Blatin-Mazelhier, témoin oculaire de ce qu'il raconte.

» J'ai vu, ajoute ce voyageur, dans les montagnes de la Gallice, une mule tellement redoutée, qu'à l'écurie, on lui tenait constamment une jambe relevée, ployée à la jointure et liée ainsi. La jambe n'était rendue libre, que lorsque la bête attachée avait pris sa place à l'attelage des diligences. Après une course de plusieurs heures, et à l'arrivée au relai, elle n'était reconduite à l'écurie qu'après que l'usage de sa jambe avait été de nouveau supprimé. Et néanmoins, avant, pendant et après, la mule était furieuse. Combien d'accès de cruauté avait-il fallu pour l'amener là ! Et qui en doute? Les violences du zagal n'en continuaient que de plus belle, et à chaque voyage faisaient de la mule une victime privilégiée. »

XXII

ARLERONS-NOUS après cela des courses de taureaux, ce spectacle favori des Espagnols, où les chevaux éventrés par les taureaux furieux traînent leurs entrailles pendantes dans l'arène, et reçoivent en cet état des coups d'éperon et de fouet, quand ils refusent d'avancer? Nous n'aurons que trop tôt à en entretenir nos lecteurs, quand nous aborderons le sujet des *ruminants*, créatures qui viennent immédiatement après le cheval, dans l'ordre de l'intelligence, du courage, de la sensibilité.

Finissons par quelques traits consolants, malheureusement isolés.

Il arrive parfois à l'homme de rendre au cheval un peu des bienfaits incalculables qu'il en a reçus.

Tantôt c'est un gamin de Paris qui laisse un moment sa toupie pour pousser crânement à la roue; tantôt un passant bien mis qui s'interpose pour désarmer la brutalité du charretier et pour épargner aux chevaux haletants quelques traîtres coups de fouet; tantôt un brave ouvrier qui, pour aider la bête à se relever, se suspend à l'arrière de la charrette, au péril de sa vie, en conviant les badauds à l'imiter.

Récemment j'ai vu un commissionnaire, touché des souffrances d'un cheval, chercher, pour lui laver les nazeaux et lui rendre un peu de vigueur, une éponge pleine de vinaigre.

La Société protectrice des animaux a secouru, il n'y a pas fort longtemps, un pauvre père de famille, blessé dans l'effort qu'il avait fait pour tirer un cheval de trait d'un mauvais pas.

Enfin, c'est avec bonheur que nous livrons à la publicité la bonne œuvre obscure d'un saint prélat, monseigneur de Reims, qui, voyant un roulier dont les chevaux souffraient d'être mal attelés, lui offrit quelque argent pour l'aider à faire réparer les harnais.

Ce rôle bienfaisant sied bien aux ministres de la religion.

Mais c'est surtout à la jeunesse qu'il faut confier la bonne semence. La génération qui s'élève, est appelée à atteindre le but que nous poursuivons ici pour l'honneur de l'humanité. Elle sera touchée de compassion parce qu'elle est dans l'âge où la compassion est encore un instinct, et elle réalisera nos espérances!...

XXIII

CES faits de compassion envers les chevaux sont rares : n'en omettons aucun, et constatons qu'une fois un charretier a montré qu'il avait des entrailles !

M. L. de Blanry, notre collègue, a été témoin de ce qui suit :

Par une des chaleurs tropicales de juillet 1859, cheminait une voiture de gravois dans la rue d'Amsterdam. La montée est assez raide ; le pauvre cheval tirait avec courage ; son conducteur marchait à côté de lui.

Notre collègue suivait le même chemin sans rien dire, s'attendant à voir, au premier moment, quelque rude coup de fouet tomber sur la tête de l'animal.

Heureuse déception ! Il voit un homme *causant* avec sa bête, l'aidant de la parole, soutenant la roue quand le cheval glissait. Pas un juron, pas un coup !

Près de la rue de Berlin, notre homme quitte sa voiture et entre chez le marchand de vin. A trente-deux degrés, le charretier pouvait avoir besoin de prendre *quelque chose!* Non, il était entré là pour demander un peu d'eau destinée *à son ami cheval.*

Celui-ci, content, reprit avec courage sa rude ascension jusqu'à la barrière de Clichy.

XXIV

L E moindre des maux qui résultent de notre injustice à l'égard des chevaux, est la
mort prématurée de nos plus vaillants
auxiliaires, conquis pour nous par le chien,
notre première conquête, et sans lesquels il
n'y aurait jamais eu ni une ville, ni un chemin
frayé.

Croit-on, en effet, que la brièveté de la vie
du cheval soit en rapport avec sa puissante or-
ganisation?

Point.

Le cheval meurt jeune, parce que nous le
tuons en détail. Livré à lui-même ou soigné
convenablement, paternellement, il atteint vingt-

cinq ans, et quelquefois même, dit-on, les limites supérieures de la vie humaine.

Je ne citerai point un cheval de cavalerie
parvenu à l'âge de vingt-quatre ans et galopant
gaiement encore, comme un exemple de rare
longévité. Néanmoins, peu de chevaux galo-
pent à cet âge, que la très-petite minorité parvient seulement à atteindre. (*)

Mais je citerai des chevaux qui, par suite de
ménagements exceptionnels, seraient heureusement parvenus à un âge beaucoup plus avancé,
si l'on en croit leurs biographes.

Athénée (**) et Pline parlent de chevaux sexagé-
naires.

Des auteurs plus modernes racontent les
prouesses de chevaux de soixante-dix et quatre-
vingts ans.

Un étalon des haras de Frascati, près de Metz,
n'était point à la réforme à cinquante et un ans.

Un huissier de Metz conserva quarante-trois
ans son bidet.

Cerf-Bébé, mort à Versailles en 1830, avait
quarante-deux ans révolus.

(*) Ce cheval appartenait à M. Girodeau, ancien militaire,
maire de Couleuvre (Allier).

(**) L'auteur des *Dipnosophistes*.

Un cheval, acheté à sept ans par M. de Foudras, a travaillé jusqu'à quarante ans, et il est mort à quarante-cinq ans au château d'Origny, près Roanne, valide encore, mais mis à la retraite par un sentiment de gratitude pour ses longs services.

Il est édifiant de trouver le respect de l'âge pratiqué, envers les bêtes, par des hommes qui n'ont point souscrit à ce sentiment par faiblesse d'esprit.

Ainsi le savant et bienfaisant docteur Bonnet, chirurgien de l'Hôtel-Dieu de Clermont, mort sans enfants, en 1805, et qui n'avait pas plus oublié les pauvres dans son testament que durant sa vie, dévouée à leur service, n'avait pas non plus oublié son vieux compagnon de route.

Il lui laissa une pension, un logement, un domestique de confiance pour le panser et le nourrir. Le cheval blanc du médecin de campagne survécut ainsi longtemps à son digne maître.

Quelques personnes sourient peut-être de cette sensibilité à l'endroit d'un animal; mais les cœurs droits sentent que cela est bien, et c'est assez.

5

XXV

Sı la charité est le caractère dominant du chien, et s'il a pu être, pour ce motif, ursnommé sans blasphème le saint Vincent de Paul du règne animal, le cheval en est le Don Quichotte.

Et il en porte la peine, car il est la plus loyalement chimérique des bêtes de bien!

Ce qui domine en lui, c'est la poésie chevaleresque. Il y a l'écho des clairons de la féodalité jusque dans son hennissement.

Le chien qu'on fouette crie lamentablement et sans vergogne; mais le cheval, quelle que soit la torture qu'on lui impose, garde un silence profond.

Son regard et ses oreilles trahissent seuls son sentiment ou sa pensée.

Heureux serions-nous si nous savions comprendre à temps notre cheval, quand il nous considère d'un œil de colère ou de mépris : nous éviterions de grands malheurs !

Croyez-vous que le cheval, injustement frappé ou chargé d'un trop lourd fardeau, n'ait point le droit de nous haïr et de nous mépriser?

D'où vient l'attention constante du cavalier au mouvement des oreilles de la monture, s'il ne lui reconnaît point une prudence, une vigilance supérieure encore à la sienne?

Et quand, à l'approche d'une embuscade, le cheval se cabre ou s'arrête tout court, soufflant le feu par ses naseaux, le cavalier devra-t-il le frapper de l'éperon, ou bien tirer le pistolet de ses fontes et attendre?

L'hésitation du cheval en pareille occurrence ou bien à l'entrée d'un pont vermoulu, ne saurait être taxée de poltronnerie; car où trouver un courage plus ardent que chez lui? Le cheval de guerre entend-il la trompette de son régiment? S'il est libre, il accourt. Blessé, il se relève, quitte à retomber après! C'est que l'ardeur belliqueuse qui s'empare des soldats en campage, se communique à leur monture.

L'odeur de la poudre les enivre. Le bruit du canon, qui commence par les faire fléchir sur leurs jarrets, comme des roseaux sous un vent d'orage, finit par leur donner, pour la bataille, le même élan qu'aux humains !

Mais, écoutez : les tambours, voilés de crêpes, font entendre un roulement funèbre. Voici le corbillard du guerrier. Sur un coussin brillent les épaulettes et les croix du brave. Puis s'avance, l'oreille basse et la tête infléchie, le coursier que le hasard a fait survivre à son maître.

Caparaçonné de noir et conduit à la main par un valet de pied, il semble succomber à l'invisible fardeau de sa douleur. Il a connu toutes les émotions de la guerre, il connaît maintenant les larmes et porte, lui aussi, le grand deuil.

Seulement le cheval reviendra à l'écurie flairer complaisamment son picotin d'avoine.

Le chien du mort se couchera sans boire ni manger sur un tombeau.

XXVI.

L'ANE et le mulet sont considérés comme des enclumes sur lesquelles on peut impunément frapper à bras raccourcis. On se donne pour excuse leur entêtement proverbial.

A Dieu ne plaise que nous nous inscrivions en faux contre la sagesse des nations, en un point si peu controversé! Chacun sait par expérience que ces deux messieurs n'en voudraient faire qu'à leur tête.

Mais leur avis, encore plus que celui du cheval, est généralement bon à prendre, lorsqu'il s'agit du choix d'un sentier.

Plus attentifs que le cheval à la qualité du

sol qu'ils foulent, ils préfèrent invariablement
le meilleur; et toute notre raison n'approche
pas, sous ce rapport, de leur bestial instinct.
Il y a plus : je conseille à tout voyageur, égaré
de jour ou de nuit dans un pays qu'il ne connaît point, de suivre sa bête au lieu de vouloir
la conduire.

« On conviendra, a dit Buffon, que le plus
stupide des hommes suffit pour conduire le plus
spirituel des animaux. »

Hélas! que bien m'a pris, une certaine fois,
de me considérer comme beaucoup moins spirituel que deux mulets avec qui je faisais route
au milieu des neiges!

Si je n'avais point abdiqué humblement ma
supériorité prétendue, serais-je à cette table?
Aurais-je revu jamais le toit paternel?

Je voyageais en Suisse avec quelques amis.
Nous avions gravi les pentes abruptes d'un défilé des Alpes appelé le col du Bonhomme.

Arrivés sur la croupe de la montagne, en un
lieu de tout temps chargé de neige, nous
éprouvâmes soudain la fatigue indicible d'une
marche en plein soleil sur une plaine blanche,
bordée de tous côtés par un ciel implacable-
ment lumineux. Des lunettes vertes, dont nous
nous étions munis, tempéraient à peine l'inflam-

mation de nos paupières, contre laquelle le seul remède aurait été de pouvoir fermer les yeux.

Nous enfoncions à chaque pas dans la neige. Les poteaux indicateurs, formés de sapins ébranchés, avaient disparu. Nous pouvions, de minute en minute, mettre le pied dans une de ces *gonfles* de neige où l'on trouve une mort certaine, en s'y ensevelissant tout vivant.

Mais nous avions deux mulets avec nous.

Sur l'avis de l'un de nous, ils furent lâchés.

Aussitôt, reprenant la gaieté qu'ils avaient perdue avec la confiance, ils secouent leurs longues oreilles, prennent le vent, sondent la neige avec leurs sabots, et, comme flattés de l'espoir que nous plaçons en eux, ils nous montrent le chemin avec une seconde vue si singulière, qu'au bout de peu d'instants nous entendîmes la roche vive retentir sous leurs pieds raffermis.

Alors, nous couchant à la file sur la pente qu'ils venaient d'atteindre et nous lançant dans la direction que nous leur voyions suivre, nous commençâmes à glisser comme un train de wagons remorqués par une puissante locomotive, et, moins d'une demi-heure plus tard, nous étions au pied des neiges éternelles, dans une vallée où la vue des herbages parsemés de troupeaux et le chant des cigales dans les arbres fruitiers, nous firent l'effet du réveil après un mauvais rêve.

De cette grande steppe, à demi-perdue dans les pâleurs de l'atmosphère alpestre, nous avions vu déjà planer sur nos têtes, au nombre de cinq, comme cinq petites croix noires, les grands *lammergeyers* ou vautours fauves, qui attendaient notre défaite pour commencer leur festin !...

Mais quelle est donc la voix qui parle tout bas à l'animal et qui lui montre le chemin, quand nos raisonnements et notre science prétendue sont en défaut? A coup sûr, il ne raisonne point en ceci, mais il sent. Est-ce dans son flair ou dans son cœur qu'il trouve la notion et la direction de la patrie absente, du nid disparu, de la crèche regrettée?

L'hirondelle ne puise point le renseignement nécessaire pour traverser l'océan, dans la contemplation des astres.

Elle n'a ni boussole ni montre marine. Et pourtant, à Tunis, elle sait quelles étapes elle doit fournir pour se retrouver dans son ermitage d'argile à la place Vendôme ou dans la rue de Rivoli!

O cœur humain, que s'est-il donc passé qui ait raccourci tes visées, obscurci ton entente? Pauvre aveugle, Dieu t'a laissé du moins des animaux, des amis pour te conduire : partage sans honte et sans avarice ton aubaine avec eux!

XXVII

Les ruminants sont plus tendres que le che_
val, quoique peut-être moins intelligents
que lui. Ils sont, plus que lui, attentifs
et sensibles à la musique. La cornemuse du
laboureur les charme et les fait rêver ; mais
ils s'irritent du bruit éclatant des fanfares. Le
bœuf s'attache à son pâtre. Il devient intime
avec son compagnon de joug. Il le cherche ab-
sent. Mort, il le pleure.

En 1859, dans le Jura, deux bœufs que l'on
avait l'habitude d'atteler ensemble, avaient con-
tracté réciproquement une telle amitié, qu'il
était impossible de les séparer.

Cependant l'un des deux fut vendu au boucher. La difficulté fut de l'amener en ville. Il fallut aussi y amener son camarade.

Mais ce n'était pas tout : on voulut, mais en vain, laisser, dans une maison de Pontarlier, l'un des deux bœufs, pendant que l'on conduirait l'autre à la boucherie. Le concours de plusieurs personnes fut nécessaire pour consommer la triste séparation. (*)

L'amour maternel est très-développé chez les vaches. Celui de la protection de l'enfance règne en maître chez tous les ruminants. Aussi voit-on toujours, dans les attaques dirigées par les loups contre les troupeaux, ceux-ci former un cercle autour des jeunes et des faibles, et offrir aux assaillants le mobile rempart de leurs bayonnettes redoutables.

Mais, si les bœufs se bornaient à la protection de leurs petits, ils ne feraient que ce que font presque tous les êtres. Leur attachement à leur berger a un caractère plus frappant et plus abstrait : ici commence l'amitié.

Un petit berger est couché sur la lisière d'un bois. Autour de lui paissent ou ruminent les bestiaux commis à sa garde.

Tout à coup une vive inquiétude tire ces ani-

(*) *Sentinelle du Jura.*

maux de la douce léthargie de leur digestion et rassemble les bœufs, épars dans la prairie. Les voici formant le cercle autour de l'enfant de douze ans. Ils respirent bruyamment et labourent le sol de leurs cornes. Que se passe-t-il ?

L'enfant dort toujours et il n'est point au fait de l'événement. S'il était éveillé, en saurait-il davantage ?

Il dort, et un troupeau dont il se croit le protecteur veille sur ses jours et s'apprête au combat, tandis qu'il rêve.

Le danger est apparu. Un loup, deux loups, la famine au ventre, ont bondi hors de la forêt. L'enfant dort toujours.

La lutte est engagée. Le chien du troupeau, un pauvre chien courageux, mais trop petit pour descendre dans l'arène, est venu se réfugier, la queue entre les jambes, le poil hérissé, le museau plissé par la terreur et par la colère, entre les jambes des bœufs, plus forts, plus aguerris.

A ses aboiements rauques, à demi-étouffés, le petit berger rouvre enfin les yeux.

Que se passe-t-il ? Un taureau brandit ses cornes sanglantes, et les plonge à plusieurs reprises dans le flanc d'un loup qu'il vient d'é-

ventrer, comme pour bien s'assurer que l'ennemi ne se relèvera plus.

Les autres ruminants, rangés autour de l'enfant, gardent encore leur attitude et leur ligne
de bataille, puissant escadron dont toutes les
croupes sont au centre, dont toutes les têtes
sont tournées en dehors et baissées.

L'autre loup s'enfuit.

Le petit pâtre se jette à genoux, remercie
Dieu ; puis il va embrasser naïvement ses bœufs
l'un après l'autre. Enfin, il s'éloigne avec eux,
osant à peine pousser, de son pied nu, le défunt, dont la gueule entr'ouverte semble mena-
cer encore.

XXVIII

On parle beaucoup de vaches méchantes, aux enfants, pour les effrayer.

La vérité est que la vue d'une étoffe rouge jette, non-seulement les taureaux, mais souvent les vaches elles-mêmes dans une sorte de délire.

La cause de cette sensibilité visuelle n'est pas connue. Elle va de pair avec l'horreur de ces animaux pour les sons éclatants de la trompette.

Mais le réel danger n'est pas là, car on peut toujours éviter d'approcher des troupeaux dans un costume dont la couleur les affolle; aussi les accidents de cette espèce sont-ils très-rares.

Il est une autre imprudence dont on se corrigera difficilement dans nos campagnes, et qui consiste à tourner autour de son poignet la longe des vaches que l'on conduit à l'abreuvoir.

Nous avons eu sous les yeux la conséquence redoutable de cet usage absurde. Les bêtes à cornes sont sujettes à des mouvements brusques, et elles arrachent ainsi la corde des mains de leur conducteur, au moment où il y songe le moins. Mais pourquoi s'attacher la longe au poignet? Qu'importe que les animaux aillent à l'abreuvoir en liberté, comme ils vont aux champs? La plupart des vaches connaissent si bien et aiment tellement leur étable, qu'au retour du pâturage elles quittent elles-mêmes leurs compagnes, pour s'arrêter à la porte de leur maison.

Aussi espérons-nous que la lecture de ce livre tendra à faire disparaître l'usage de la longe nouée au poignet, surtout quand nous aurons dit qu'une vache effrayée traîna sous nos yeux un pauvre petit garçon, par le bras, l'espace d'un demi-kilomètre, et ne s'arrêta qu'après lui avoir involontairement fracturé et dénudé le crâne sur les cailloux du chemin.

Quand on releva l'enfant, il respirait encore;

mais, quelques heures plus tard, il avait rendu le dernier soupir.

Il s'en faut néanmoins tellement que les bœufs soient de méchantes bêtes, que jamais les toucheurs, chargés de les conduire à l'abattoir, ne voient tourner contre eux la fureur de ces animaux, incessamment provoqués par les coups de fouet, de bâton, et par les cruelles morsures que leur font aux jambes quelques chiens hargneux, pervertis par l'exemple de leurs maîtres, et rendus insensibles à la douleur d'autrui par la dureté du cœur des humains.

Ainsi harcelés, on voit souvent les bestiaux succomber à la fatigue, se coucher dans la boue, souffrir, sans se regimber, les brutalités sauvages de leur guide, et attendre, le flanc oppressé, l'arrivée de la charrette rouge qui doit les conduire au supplice.

Symboles de l'innocence des premiers jours, de la vie patriarcale, les ruminants portent en eux l'empreinte de je ne sais quelle paix rustique. Leur beau regard sérieux et caressant leur a valu l'honneur d'être comparés, par Homère, à la majesté divine; et l'Homme-Dieu a reçu le jour sous les tièdes haleines de l'étable, dans une crèche parfumée du foin que mangeaient ces bons animaux.

XXIX

JEUNES gens, détestez la cruauté sous toutes ses formes, et rougissez pour le dix-neuvième siècle, qu'il ait conservé les odieuses traditions du cirque de l'ancienne Rome, lorsque tant de nobles traditions sont aujourd'hui, comme des vieilleries inutiles, foulées aux pieds par nos libres penseurs !

Apprenez donc ici ce qu'est en réalité cet amusement sauvage, atroce, connu sous le nom de *combats* ou de *courses de taureaux*.

Nous laissons parler un publiciste éminent, simple narrateur des faits dont il a été témoin.

« ....Un des beaux moments du spectacle est l'entrée du taureau. Aveuglé par des flots de lumière, ébloui, épouvanté par les cris qui l'accueillent et par la vue de toutes ces têtes humaines, le taureau court à droite et à gauche en faisant des bonds d'une incroyable légèreté.

» Les *chulos* s'approchent de lui et agitent leurs capes devant ses yeux ; quand le taureau va se jeter sur eux, ils fuient devant lui et arrivent jusqu'à la barrière. Ils posent le pied sur la marche et sautent de l'autre côté, tandis que le taureau, qui allait les toucher, donne des coups de corne furieux dans les capes et dans les planches.

» Le taureau fait le tour de l'enceinte et les *chulos*, le pied posé sur la marche, sautent par-dessus la rampe et passent devant ses yeux comme des éclairs. Mais une ombre se dresse devant lui : c'est le *picador* à cheval et la pique en avant. Le *picador* ne figure que dans le premier acte du drame, il n'a pas à tuer le taureau, mais seulement à le piquer et à l'irriter. Son arme est une longue lance terminée par deux pouces de fer. Les chevaux des picadors, si l'on peut donner ce nom aux squelettes à peine animés qu'ils montent, ont un bandeau sur les yeux ; l'œil droit surtout est complétement couvert, parce que c'est généralement le côté du taureau, au devant duquel le cheval ne va qu'avec une répugnance facile à comprendre.

» Le taureau s'arrête une seconde, comme pour mesurer un ennemi inconnu, puis il se précipite tête baissée sur l'homme et sur la bête, et d'un effroyable coup de tête il les enlève de terre et les secoue sur ses cornes. Quelquefois c'est du premier coup qu'il les jette contre la barrière, comme s'ils étaient lancés par un catapulte; alors le *picador* roule avec son cheval dans la poussière... Le triomphe du *picador* c'est de rester en selle quand le taureau, après avoir éventré le cheval, le soulève avec son cavalier et, par des secousses deux ou trois fois répétées, leur fait quitter la terre, et les porte pour ainsi dire à cou tendu. Il faut alors que l'homme sache garder son assiette, jusqu'à ce que le taureau arrachant des flancs du cheval ses cornes ensanglantées, ait répondu à l'appel et aux provocations des *chulos*.

» Et le cheval? Oh! le cheval, il n'en faut pas trop parler, de même qu'il ne faut pas trop le regarder : c'est le côté malpropre, hideux, répulsif du spectacle. On dit que les étudiants en médecine ont souvent une défaillance à leur première leçon de clinique; c'est une école de ce genre que doivent faire la plupart de ceux qui vont pour la première fois aux taureaux. Il faut pourtant que je dise, pour être narrateur sincère, que le taureau plonge et enterre ses cornes dans le poitrail ou dans le ventre du cheval. Quand c'est dans le poitrail, la malheureuse bête fait encore quelques pas en ruisselant de sang et fléchit sous le poids du *picador ;* elle reste étendue sur le sable et meurt dans des convulsions qu'on ne regarde pas, car les yeux sont attirés ailleurs. Quand le cheval n'est qu'éventré, il continue à courir ; ses boyaux pendants et sanglants traînent dans la poussière ; le *picador* le laboure de ses éperons, les valets d'écurie l'accablent de coups de bâton, le public crie : *Fuera, fuera !* (Dehors, dehors !) — Tel qu'il est, roulant ses entrailles, le cheval sera recousu et servira une autre fois.

» Il arrive qu'un taureau tue et laisse sur le sable quatre, cinq et six chevaux. Quelquefois, parcourant en vainqueur le champ de carnage, *rugiens et quærens quem devoret*, il rencontre sous ses pieds, le corps d'un cheval ; alors il tourne et retourne cette masse inerte, et l'agite comme un hideux drapeau. J'ai vu le taureau rencontrant le corps d'un cheval qui paraissait

mort et qui n'était que mourant, le retourner
d'un coup de corne ; et le cheval, comme
frappé d'une pile voltaïque, se remettre sur ses
restes de jambes, et s'enfuir au galop en lançant des ruades désespérées.

» Détournons nos regards de ce hideux spectacle, et suivons de préférence le taureau.

» Le *picador* pique avec sa lance le cou de
l'animal, qui, blessé et sanglant, hésite quelquefois et piétine sur le sable avant de recom-
mencer l'attaque. La pointe de fer est arrêtée
par un tampon qui l'empêche de pénétrer plus
avant. Mais j'ai vu la lance passer un jour tout
entière avec le tampon sous la peau du taureau, sans que le *picador* ait pu parvenir à la
dégager. L'animal furieux battait les airs avec
cette grande lance, comme avec un fléau. Toujours emportant cette flèche de Nessus attachée
à ses flancs, il a franchi d'un bond la barrière, et ce n'est que dans le couloir qu'on
a pu la lui arracher. Mais c'est le peuple,
c'est le grand public, qu'il faut regarder ;
car lui aussi, il est du spectacle. Ah quels cris !
quel enthousiasme et quelle furie ! Quand le
taureau a fait un beau coup, quand il a écrasé
l'homme et le cheval contre la barrière, ou
qu'il les a jetés en l'air comme s'il jouait à

pile ou face, alors il est couvert d'applaudis-
sements. *Bravo, toro, bravo!*... Mais s'il est
poltron, s'il refuse bataille, si, arrivé devant le
picador, il secoue la tête et s'en va, ce sont
alors des cris de malédiction... La saturnale
est complète !

» Il y a dans la nature humaine, quand elle
n'est pas rompue et domptée par la religion,
par l'éducation, par le sentiment de la dignité,
il y a quelque chose de cruel et de sauvage
qui n'est qu'endormi et qu'il suffit d'une étincelle pour réveiller...

» Quand le taureau est mou, quand il n'attaque pas, il est poursuivi de huées : *Al corral!
al corral!* (à la basse-cour!) Ou bien : *Fuego,
fuego!* c'est-à-dire que le peuple demande les
baguettes d'artifice que l'on pique sur le cou
du taureau, qui lui partent dans les oreilles et
qui le mettent en délire.

» Les *picadors* sont le premier acte; les *banderillas* sont le second. Quand le taureau a ex-
terminé un nombre suffisant de chevaux et qu'il
ne mord pas à l'attaque, on crie : *Banderillas!*
Et une fanfare annonce l'entrée en scène de
nouveaux combattants.

» Le jeu est dangereux. Il exige une pres-
tesse et une précision consommées : il consiste

à se poser en face du taureau, et, en passant les deux bras entre ses cornes, à lui planter sur le cou deux petites flèches quand il baisse la tête pour fondre sur l'ennemi. Le noble taureau, irrité par ces petites pointes barbelées, comme un grand cœur est quelquefois exaspéré par des piqûres d'épingle, secoue la tête avec rage, et plus il la secoue, plus les flèches s'attachent à sa chair. On apporte, dans les banderillas une variété pleine de fantaisie : tantôt elles ne sont ornées que de découpures de papier ; tantôt elles ont des guirlandes de faveurs roses.

» Le pauvre taureau, harcelé et tourmenté par des traits invisibles et insaisissables, pousse des beuglements qui remplissent les airs et qui dominent le tonnerre de la voix des hommes ; on dirait qu'il appelle à grands cris un ennemi digne de lui. Voici les fanfares, voici le troisième acte, le vrai combat, le vrai duel. Le noble animal va se trouver face à face avec l'homme.

» L'*espada* (autrefois le *matadore*) va sous la loge du président demander la permission de tuer le taureau. De la main droite il tient une longue épée, une vraie lame de Tolède ; de la main gauche son drap couleur de sang : la *mu-*

leta. Il s'avance, il déploie le drap rouge sur son petit bâton, et il l'agite devant les yeux du taureau, qui se jette en aveugle sur cette proie menteuse.

» L'*espada* doit choisir, pour frapper, le moment où le taureau a la tête baissée pour donner son coup de cornes.

» C'est un moment poignant, solennel que celui où l'homme se tient debout, immobile en face du taureau, l'œil fixe, l'épée tendue. Le coup d'épée peut être donné droit au milieu des épaules, et souvent un coup suffit; l'épée entre alors jusqu'à la garde, et le taureau, après avoir vacillé un instant, fléchit et tombe. D'autres fois, j'ai vu des *espadas* obligés de donner cinq ou six coups avant de tuer le taureau, et alors ils sont sifflés à outrance. Ce qu'on ne pardonne pas, c'est le coup d'épée donné dans le flanc du taureau, et qui perce les poumons. C'est un vrai meurtre, l'animal est tué sans combat et meurt étouffé.

» L'animal blessé garde l'épée enfoncée dans son épaule; les *chulos* arrivent avec leurs capes sur lesquelles il se précipite. Dans ses bonds tumultueux, le taureau rejette l'épée et la fait voler en l'air. D'autres fois la lance acérée et bien trempée continue de s'enfoncer

elle-même par son seul poids et les mouvements
du taureau, et elle disparaît jusqu'à la garde ;
alors on en apporte une autre. Il faut que les
taureaux aient une force prodigieuse pour pouvoir courir et combattre avec de pareilles blessures, et certainement ils ont un courage égal
à leur force. J'en ai vu, après un premier
coup d'épée, bondir encore par-dessus la barrière.

» L'agonie du noble animal, sa lutte contre
la mort, dont il a reçu le coup, est doulou-
reuse à contempler. Il fléchit sur ses jambes
de devant, puis il se relève et marche encore,
puis il tourne sur lui-même, il rend le sang
par la bouche, et enfin il roule sur le dos pour
ne plus se relever.

» Alors arrive le *cachetero*, l'homme au sty-
let, le dernier acteur du drame, qui, prenant
le taureau moribond par une corne, lui enfonce
son poignard dans la moelle épinière. Tout
mouvement cesse subitement.

» On entend le bruit des grelots ; des mules
pimpantes et sonores font leur entrée et viennent emporter les cadavres, ceux des chevaux
d'abord. Attachés par un crochet au bout de la
corde, ils sont traînés sur le sable au grand
galop. Le corps du taureau est enlevé de la

6

même façon; on jette du sable sur les traces
de sang, on nettoie la place avec des râteaux,
et de nouvelles courses recommencent jusqu'à
ce que six taureaux au moins aient été sacri-
fiés.

» Et maintenant que chacun fasse comme il
l'entendra ses réflexions philosophiques sur les
combats de taureaux! » (*)

Il me semble que ces réflexions sont toutes
faites et qu'elles ne peuvent se traduire que
d'une façon, pour tout homme que n'aveugle
point, comme le tigre, la couleur du sang;
comme le taureau, la couleur rouge.

Spectateurs et acteurs, à peu d'exceptions
près, sont des barbares.

Les banderillos, les chulos, le picador sont
les valets du *bourreau-peuple*, sous les yeux et
pour le plaisir duquel ils travaillent, et l'*espada*
est un boucher courageux.

Quant au catholique, en particulier, il se
souvient de la bulle du pontife Pie V, un des
papes qui travaillèrent le plus à l'adoucissement
des mœurs, bulle qui dit expressément :

« Ces combats sauvages et abominables sont

(*) Extrait de *Quelques jours en Espagne*. — (*Revue des
Deux-Mondes*, 15 juillet 1858.)

dangereux au corps et à l'âme, et ils sont indignes de la piété et de la charité chrétiennes. Ils sont convenables aux démons plutôt qu'aux hommes. »

Cette bulle défend de les tolérer dans les États chrétiens. Elle refuse la sépulture ecclésiastique à ceux qui y meurent.

Elle engage enfin, au nom de Dieu, les princes à promulguer ces défenses. (*De taurorum et aliorum animalium agitatione et pugna.*)

La loi civile, qui, en beaucoup de cas, après avoir contredit les lois de l'Église, y recourt par nécessité, a emprunté à cet antique décret pontifical les prohibitions qui proscrivent aujourd'hui en France les courses de taureaux. Mais je me souviens parfaitement d'une époque récente, à laquelle les gens avides d'émotions allaient assister à des représentations de ce genre, à la barrière de Pantin. Les combats de chiens dans un tonneau n'ont été abolis que depuis peu à l'île Saint-Denis.

Mais les joutes sanglantes sont demeurées le plus vif plaisir, le divertissement par excellence de la nation qui, du temps de la conquête du Nouveau-Monde, avait dressé des chiens à la chasse des Péruviens, et qui donnait à manger, tout vivants, à ces animaux, les petits enfants des vaincus!...

Je n'ai qu'une chose à dire à la honte de l'espèce canine : elle s'y est prêtée!...

Dieu merci, l'espèce de ces chiens-là s'est perdue!

XXX

Chez la plupart des peuples de l'Inde, le bœuf est un animal sacré. Le Tartare respecte la vie de ses yaks; les gens de Lahore font place au bœuf dans les rues où il passe; le disciple de Brahma et de Vischnou le révère et lui dore les cornes.

Ce sentiment de respect ou, si l'on veut, cette idolâtrie, qu'est-ce autre chose que le souvenir des services rendus par la race bovine à la race humaine, dans ces époques patriarcales où Dieu, prescrivant à l'homme le repos du septième jour, lui enjoignait d'y faire participer ses auxiliaires : le cheval, le bœuf, l'âne et le chameau?

L'ingratitude est-elle un mérite? La dureté envers les bêtes est-elle le sceau de la civilisation?

XXXI

Nous avons vu, mes amis, ce que valent les trois compagnons primitifs de l'homme, et la façon dont il traite, au dix-neuvième siècle, le chien, le bœuf, le cheval.

Il en est un autre qui appartient aussi à la famille du patriarche, et dont les services multiples assurent encore aujourd'hui l'existence de plusieurs millions d'hommes tant en Asie qu'en Afrique.

C'est un ruminant : le chameau.

Il n'a, lui, ni la grâce du cheval, ni la majesté du bœuf, ni la souplesse du chien en partage.

Mais il est plus courageux, plus patient, plus sobre qu'eux tous.

Véritable navire destiné à braver les tempêtes de sable du désert, il a créé les rapports qui unissent, dès l'origine des temps, la Perse au Maroc, la Méditerranée au Sahara.

Il se passe d'eau dans les pays sans eau; mais alors même il a encore du lait à offrir à l'homme, lorsque tout breuvage, toute nourriture vient à manquer; et le nomade, à qui les ardeurs du soleil du midi finissent par donner le vertige, peut s'abriter un peu, par le gros du jour, à l'ombre de ses chameaux.

Tout, dans cet animal, indique les prévisions du Créateur et une appropriation spéciale à des besoins que nulle autre créature ne saurait satisfaire. Il est tout jambes et tout véhicule. Son col est une proue, son dos est un tillac. Il est cela et rien que cela. Aussi est-ce la Providence de Dieu qu'on est tout d'abord pressé d'admirer en lui plus que lui-même!

Au besoin, ce paisible voyageur devient un coureur alerte, ainsi que plusieurs légendes arabes tendent à le prouver.

Une jeune fille à l'agonie, dit une légende arabe, demandait à son fiancé des oranges. Pour contenter ce besoin ou ce caprice d'une âme prête à s'envoler, le jeune homme ne savait que faire, les oranges ayant manqué dans le pays où languissait la pauvre mourante. Tetuanétait à 140 kilomètres.

Le jeune homme ôte à son dromadaire son entrave et s'élance sur son dos. Il lui parle, l'animal le comprend peut-être.

Les voilà partis à travers sables comme un ouragan.

Ils firent sans s'arrêter 280 kilomètres, pour rapporter de Tetuan le fruit d'or à la jeune fille ; et le fruit d'or la rendit à la santé et à l'amour.

Pour qui connaît la puissance de locomotion de l'animal dont il s'agit, cette anecdote n'atteint pas les limites de l'hyperbole orientale. C'est la vérité à 100 kilomètres près.

XXXII

Un fait étrange pour l'éclaircissement duquel il faudrait consulter les parties intéressées, chose que, paraît-il, nul n'a su faire jusqu'à ce jour, c'est l'horreur que les chameaux et les dromadaires inspirent aux éléphants.

Dans l'Hindoustan, où ils vivent pêle-mêle et pour ainsi dire côte à côte, il faut faire disparaître le chameau de la voie où l'éléphant s'engage, sous peine de voir l'éléphant s'arrêter, ou prendre la fuite et commettre de grands dégâts.

Il y a deux siècles, le chameau arabe fut acclimaté à Pise, et il y inspira la même horreur aux chevaux pisans. Jamais ils n'ont consenti à l'accueillir. A sa vue, ils dressent les oreilles; leur poil se hérisse. Ils tremblent, battent la terre du pied et se sauvent à travers champs.

C'est à la faveur de cette antipathie singulière, qui n'a disparu des pays où les chevaux et les chameaux vivent ensemble depuis des siècles, que par l'effet du temps, c'est à cette antipathie, disons-nous, que Cyrus dut la défaite de Crésus, roi de Lydie.

La cavalerie de ce dernier, à l'aspect des chameaux dont Cyrus avait fait à dessein précéder son armée, se débanda et prit la fuite.

XXXIII

Il faut renoncer à trouver l'étincelle sacrée, chez les moutons et chez les pourceaux, si bien dégénérés en côtelettes et en jambons vivants, entre les mains de l'homme, que la créature de Dieu n'est plus guère reconnaissable dans ces animaux.

Est-ce une raison pour les maltraiter et pour les torturer comme on le fait? Vous ne le croyez point, ni moi non plus.

Sensibles à la douleur, doués d'organes aussi parfaits que ceux des autres êtres, ils sont reconnaissants, dans une certaine mesure, des bons soins dont ils sont l'objet.

L'an passé, à Fontainebleau, je vis dans un

champ une pauvre veuve qui avait trouvé un ami dans l'agneau qu'elle avait élevé. Il était docile à sa voix, la caressait à sa manière, la suivait partout sans lien, et il savait reconnaître les carreaux de terre en culture où sa maîtresse lui avait défendu d'entrer.

Mais, ne fût-ce que par utilité, comme ces animaux présentent plus de bénéfice quand on les traite bien, c'est encore une raison pour les ménager et pour faire à leur égard ce que la conscience nous commande vis-à-vis des idiots et des crétins, comme s'ils étaient les gens les plus spirituels et les plus aimables du monde.

C'est si bien par l'insuffisance de nos soins que ces bêtes ont dégénéré, que leur force est beaucoup moindre dans l'état domestique que dans l'état de nature. Ils sont sujets à cent maladies inconnues du mouflon et du sanglier.

Les épizooties sévissent contre eux, comme les épidémies contre nous-mêmes. L'agglomération, l'esclavage, le manque d'air, l'insalubrité de la nourriture, tout concourt à les décimer. Les sangliers et les mouflons ne meurent ni du charbon ni du piétin.

Je ne sache point que le piétin et que le charbon profitent aux cultivateurs dont les éta-

bles et les bergeries en sont infestées presque
périodiquement.

On reconnaîtra même, une belle fois, que bien
des maladies humaines sont l'effet de l'appau-
vrissement du sang chez les animaux employés
à notre nourriture, que les côtelettes participent
de l'air, plus ou moins libre et sain, respiré
par les moutons, et que le lait des vaches tristes donne le spleen aux gens qui le boivent!...

XXXIV

On peut impunément laisser les enfants courir parmi les vaches, et se rouler sous les pieds des chevaux. Je sors, à l'heure où j'écris, d'une grande ferme de Lorraine, dont la fermière, femme entendue et soigneuse, supérieure même par l'intelligence à sa condition, a élevé six enfants autour de trente chevaux et de trente vaches. Je l'ai dit et je le répète : dans un état voisin de la nature, les animaux ont le respect de la vie et le culte des enfants.

On peut se fier à leur excellent cœur ; mais que nul ne se fie à celui des *habillés de soie !*

Ces gloutons brutaux (ce sont les habillés de soie que je veux dire) non contents de dévorer tout ce qui se mange, et même ce qui ne doit plus se manger, se ruent sur les enfants comme sur un immondice. Ils avalent un membre ou deux, sans plus de vergogne ni plus de pitié que s'il s'agissait de la glandée.

Le seul trait dont je me souvienne, à l'honneur, fort indirect encore, de mesdames les truies, m'a été conté par une bonne femme d'Alsace, témoin oculaire et que je crois volontiers sur parole :

Une laie, ayant mis au monde treize *nourrins* et n'ayant que douze mamelles à leur offrir, craignit que le treizième ne profitât point, faute d'une treizième source alimentaire ; et, ne pouvant forcer la nature à lui accorder une treizième mamelle, elle tua son treizième enfant.

Il ne faudrait pas que l'on vît ici une apologie détournée de l'infanticide. C'était de l'amour maternel à la façon de Barbari mon ami. Mais enfin c'était encore de l'amour.

J'ai connu, et je pourrais dire que je connais encore, un pourceau sensible à l'amitié. Chaque jour sa maîtresse le lâche deux fois pour lui laisser un peu de loisir ; et il en profite pour aller visiter un autre pourceau moins favorisé que lui. Il porte des consolations morales au prisonnier, et il est très-impatient de sortir chaque fois, pour aller remplir ce devoir.

On ne peut citer, comme exemple de dévouement à nos intérêts, la chasse aux truffes à laquelle se livrent les porcs du Périgord ; car, le tubercule précieux une fois mis à nu, le chasseur ne détourne de ses friandises le pauvre fouisseur, qu'à grands coups de pieds et de bâton.

Les porcs sont même destinés à perdre cette attribution, depuis qu'il est avéré que les chiens s'en acquittent tout aussi bien et beaucoup plus honorablement qu'eux !

Si pauvres d'esprits que soient certains animaux point destinés par la nature aux mathématiques, ou qui ont vécu trop subjectivement à nous, pour ne pas devenir stupides à force d'esclavage, on trouve toujours chez eux quelque génie quand il retourne de maternité.

Ainsi le lapin de clapier dévore ses enfants ; mais la mère lapine les défend contre la gloutonnerie du père ; et elle déploie beaucoup d'art dans les préparatifs nécessités par une parturition prochaine.

La mère Thérèse, une bonne femme dont j'écrirais volontiers la biographie, m'a initié aux délicatesses de cœur des lapines, durant les quelques mois d'intimité que j'ai passés, si heureusement, dans la société de cette digne paysanne septuagénaire et de sa basse-cour.

— Voyez-vous, me disait-elle, comme *ma particulière* se pouille avec ses dents depuis deux jours? Elle se fait le poil pour préparer un bon duvet aux petits qui vont naître. Et savez-vous pourquoi elle fait le nid dans ce coin-là? C'est que la canicule est passée, et que le soleil y donne jusqu'à midi. Durant la canicule, elle fait le nid dans l'autre coin, tout au fond, de peur que les petits n'aient trop chaud.

Et quelques jours après :

— Vous ne voyez pas de petits? Ils sont pourtant là tous les six. Mais la maman les couvre de paille, afin de se donner l'air de n'en point avoir. Elle craindrait d'éveiller l'attention de mon chat, qui est gourmand. N'a-t-elle pas l'air de dire : « Des petits? Je n'ai pas de petits! Qu'est-ce que c'est que cela, des petits? Et proust, proust! elle saute comme à l'ordinaire d'un coin de la loge à l'autre; mais elle a grand soin de ne pas marcher sur le *pot-aux-*

roses, la pauvre chère bête! Voyons; donnez-lui quelques glands!...

Alors je me mettais en route pour aller emplir de glands, dans la forêt, les poches de ma vareuse. Le trajet n'était pas long, et il y avait là de glands pour tout le monde. Les pluies de septembre en faisaient tomber des averses.

Les lapins me saluaient, à mon retour de la forêt, d'un air d'esprit frisant la goguenardise; mais ce n'était qu'un éclair.

Les lapins et l'esprit ne sont pas proches parents : j'entends les lapins de clapier ; car rien n'approche de la ruse, du savoir-faire, de la rouerie des lapins sauvages. Un chien courant prend encore un lièvre à la course ; mais les bons lapins mettent les meilleurs chiens sur les dents. Ils font courir les lièvres devant les chiens, en leur lieu et place, et ils vont, par un crochet décrit à propos, s'abriter et grignoter quelque chose en attendant leur retour.

Domestiques ou sauvages, les petits lapins sont, avec les très-jeunes chats, les joueurs les plus aimables qui se puissent voir. Ce sont des enfants qui promettent ; mais que tiennent-ils?

Je n'ai jamais compris cependant les gens

qui torturent ces pauvres animaux en les mettant à mort, et encore moins, je l'avoue, ces
beaux messieurs en cravate blanche qui les
dissèquent tout vivants, point pour les manger.

On veut étudier sur eux le phénomène de la
digestion. Comment donc? C'est des plus curieux : un lapin vivant à qui l'on a retranché
l'estomac, vomit encore si on lui fait avaler de
l'émétique!... Mon Dieu, Messieurs, de quoi
nous servirait l'étude approfondie de l'émétique, si nous étions plus tempérants?

Mais je ne suis malheureusement qu'un ignorant, en sorte que ma plaidoirie contre les mi-
crographes et les bourreaux de lapins les fera
sourire. Cependant, loin d'imiter ces coryphées
de la science, j'imagine, mon cher lecteur, que
vous aimeriez mieux ne point souper, que de
vous livrer vous-même aux affreux apprêts d'une
gibelote !

Quoi? s'armer d'un couteau?... Passe encore, en cas de nécessité, pour un coup de
fusil, de façon que, de vie à mort, le pauvre
oreillard passe facilement et sans y songer !

Puisque nous sommes carnivores, soyons
pourtant assez humains pour supprimer de nos
boucheries la douleur ! Imitons le gerfaut, un
noble oiseau de proie, qui donne d'un seul

coup de bec, à la marmotte dont il soupe, la mort, que la pauvre bête n'a méritée pour aucun forfait !

J'ai dit un mot des lapins, qui sont à la fois, gibier dans la forêt, animal domestique dans le clapier, sans qu'il existe entre eux d'autre différence extérieure qu'un peu d'agilité de plus ou de moins et que la longueur des oreilles, réputées plus prolixes chez les lapins de choux, parce que, dit-on, l'ennui de la servitude les leur fait pousser : je saisirai ce moyen de transition pour vous parler un peu de la chasse.

XXXV

TUER pour tuer, puisqu'il le faut, je l'avoue, il vaut tout autant, il vaut mieux peut-être pour le monde, envoyer à la pauvre bête qui doit mourir, une charge de plomb, que de lui lier froidement les quatre pieds pour lui plonger ensuite un couteau dans la gorge.

La chasse est un salutaire exercice. La mort qu'on donne se perd dans un nuage de poudre. Le chasseur adroit tue sans faire souffrir et du premier coup. La boucherie, au contraire, est un peu l'école du meurtre. L'influence qu'elle exerce sur les jeunes esprits, est pernicieuse. Néron et Domitien n'ont-ils pas com-

mencé leur effroyable carrière, par écarteler
des lapins vivants? Qui sait s'ils n'auraient point
suivi d'autres voies, si, tout enfants, ils avaient
été sévèrement châtiés pour de pareils actes?

On raconte, chose horrible, qu'un petit garçon (il n'était pas français, Dieu merci!) ayant
vu plusieurs fois tuer des porcs, eut l'idée
atroce de faire subir le même sort à une petite
fille. Il la lia, il la saigna jusqu'à ce que mort
s'en suivit.

C'est le dernier degré de la férocité humaine.

Autre exemple: dans un voyage dont je crois
vous avoir déjà entretenus, je passai la Gemmi,
une montagne étrange et désolée qui sépare le
Valais du canton de Berne.

Il y avait là un petit lac sans verdure, et, à
quelques portées de fusil, une maisonnette, le
tout perdu dans une lande sauvage bordée de
roches, et formant le sommet de cette montagne que quelques-uns d'entre vous passeront
peut-être, comme moi, dans une partie de
plaisir.

J'étais las. Je m'assis au bord du lac, et un
de mes compagnons de route me raconta une
lugubre aventure.

Il y avait jadis dans cette maison isolée une

pauvre famille, composée du père, de la mère et de deux enfants.

L'un d'eux, un petit garçon de dix ans, qui était né avec de mauvais instincts, et que l'exil de sa famille, dans ce défilé désert, empêchait de recevoir les bons enseignements que tous les enfants trouvent au catéchisme, vit sa mère tuer une poule avec un couteau.

A compter de ce moment il ne rêve plus qu'à faire, de cette arme de cuisine, un pareil usage ; et, un jour que sa petite sœur dormait et que ses parents n'étaient pas là,... il prit le couteau et coupa la gorge à sa petite sœur. (*)

Voilà pourquoi je disais que le spectacle de la tuerie est un mauvais spectacle pour la jeunesse, et que la chasse vaut mieux, en ce qu'elle supprime, de la mort, les convulsions d'une lente agonie.

Mais la chasse, malheureusement, n'est point toujours la mort, envoyée sans douleur, dans un éclair de salpêtre, aux pauvres animaux destinés à notre aliment.

Pour le comprendre, il faut que vous sachiez ce que c'est que *forcer une pièce de gibier*.

(*) Werner a fait de cette épisode le prologue d'un drame terrible, connu en Allemagne sous le nom du *Couteau maudit*.

On cherche un gîte ou une piste fraîche de quelque beau cerf soigneusement conservé dans nos forêts (où il n'y en a plus guère). On lance aux trousses de l'animal des chiens courants, relayés de distance en distance de peur que la partie ne devienne égale, et que le cerf ne risque de dépister ou de surmener ses poursuivants.

Après des circuits sans nombre et l'emploi, par la victime, de mille ruses que lui ont enseigné les malheurs de sa race, la noble bête, hors d'haleine, sentant déjà par instants les terribles crocs de la meute, se jette dans quelque marais, espérant n'y être point suivie ; mais les chiens se mettent incontinent à la nage.

Alors commence pour lui le tourment suprême.

Rejoint par les chiens ou harcelé par les chasseurs, qui ont sauté dans des barques pour lui donner les derniers coups, il se sent appréhendé aux oreilles par les premiers, ou harponné comme une baleine par les seconds.

Ses prodigieux efforts pour échapper, ou pour éventrer les assaillants avec ses longs bois, ne font que redoubler l'animation de la chasse. Vaincu, expirant, il pleure de grosses larmes et

7

brame à fendre le cœur du veneur le plus endurci.

Enfin le héros de la fête, voyant le cerf à bas, le fend de la gorge aux entrailles avec son couteau de chasse, et donne la curée chaude et fumante à la meute, en récompense de son vaillant concours.

Ainsi éventré lorsqu'il palpite encore, le cerf rend, dans le paroxysme de la douleur, ce souffle de vie qu'il avait reçu en partage et qui lui donnait, comme à toute créature, le droit au bonheur.

Qu'y a-t-il, dans ce trépas, de bien récréatif pour l'homme? La chasse à courre au dix-neuvième siècle, n'est-elle point une parodie de la chasse antique, pratiquée par les hommes de guerre des temps féodaux, pour se faire la main à la bataille et pour émonder le trop plein de bêtes sauvages qui dévastait les environs de leurs manoirs?

Que mes contemporains me le pardonnent : la vénerie cultivée, dans ces données traditionnelles par des gens d'humeur douce et pacifique, est un anachronisme. Chacun de ceux qui y prennent part, soit par ton, soit par habitude, la condamne en secret ; et quand sonne l'*halali*, il maudit la fantaisie qu'il a prise de l'entendre.

Mon père, qui tirait fort bien, n'aimait pas non plus le *forcer*, et je l'ai vu très-triste lorsqu'il lui arrivait par hasard et par exception de blesser une pièce de gibier sans la tuer. Alors il achevait sa victime, avec une promptitude qui tenait de la fièvre et qui lui faisait monter du sang à la joue et une larme aux yeux.

C'est le même sentiment qui fit mettre à un de ses amis le fusil de chasse au croc pour jamais, par suite d'une circonstance que je vais vous conter.

Un jour ce chasseur, ami de mon père, voit brouter un lièvre au pied d'une haie. Il tire, et le lièvre se met à fuir en boitant.

Le chasseur arrive auprès d'un buisson où il retrouve la pauvre mère, car c'était une hase, couchée sur ses deux petits pendus à ses mamelles. La hase, épuisée par sa blessure, regardait ses petits, mais elle ne songeait plus à défendre son existence. Les levrauts, qui n'avaient pas trois jours, tetaient pour la dernière fois leur mère teinte de sang. Elle était déjà morte, et ils demandaient encore leur vie à son sein.

Le chasseur attendri recueillit les nourrissons et les emporta pour les élever ; mais ce fut en vain. Ils moururent sans avoir pu, ché-

tifs, avaler un autre lait que le lait maternel.
A compter de cet évènement, le chasseur cessa
d'être chasseur.

M. de Lamartine a raconté, dans une page
touchante, le regret que lui causa la mort d'un
chevreuil atteint par lui d'un coup de feu.
Laissons parler la poésie dans la bouche de
l'homme de cœur :

« Un chevreuil innocent et heureux bondis-
sait de joie dans les serpolets trempés de rosée,
sur la lisière d'un bois. Je l'apercevais de
temps en temps par-dessus les tiges de bruyè-
res, dressant ses oreilles, frappant de la corne,
flairant le rayon, réchauffant au soleil levant
sa tiède fourrure, broutant les jeunes pousses,
jouissant de sa solitude et de sa sécurité.

» J'étais fils de chasseur ; j'avais passé mes
jeunes années avec les garde-chasse, les curés
de village et les gentilshommes de campagne
qui découplaient leurs meutes avec celle de
mon père... Mon chien quêtait, mon fusil était
sous ma main, je tenais le chevreuil au bout du
canon... J'éprouvais bien un certain remords,
une certaine hésitation à trancher d'un coup
une telle vie, une telle joie, une telle innocence... Mais l'instinct machinal de l'habitude
l'emporta sur la nature, qui répugnait au

meurtre..... Le coup partit. Le chevreuil tomba...

» Quand la fumée du coup fut dissipée, je m'approchai en pâlissant... le pauvre et charmant animal n'était pas mort. Il me regardait, la tête couchée sur l'herbe, avec des yeux où nageaient des larmes.

» Je n'oublierai jamais ce regard auquel l'étonnement, la douleur, la mort inattendue semblaient donner des profondeurs humaines; car l'œil a sa langue, surtout quand il s'éteint !

» Qui es-tu? Je ne te connais pas ! Pourquoi m'as-tu frappé? Pourquoi m'as-tu ravi ma part de ciel, de lumière, d'air, de jeunesse, de joie, de vie? Que sont devenus ma mère, mes frères, ma compagne, mes petits qui m'attendent?...

» J'aurais voulu le guérir à tout prix; mais je repris mon fusil, par pitié cette fois, et, en détournant la tête, je terminai son agonie d'un second coup ! »

A partir de ce jour M. de Lamartine n'a plus chassé.

XXXVI

Vous le voyez, mes amis : non contents de chercher à restreindre la chasse à la pratique du tir, certains esprits, et des meilleurs, vont jusqu'à la proscrire tout à fait. Nous ne prendrons pas sur nous de trancher aussi absolument la question. Chacun appréciera. Il est manifeste, que le nombre toujours croissant des chasseurs est dans une disproportion ridicule avec le peu de gibier qui reste sur le sol français ; que le gibier, dans l'état normal, serait un auxiliaire précieux de l'alimentation publique ; que des années d'abstinence de presque toute chasse d'agrément, suffiraient à peine à rétablir l'équilibre. Mais la passion cynégétique est bien forte, et elle n'est condamnée en principe ni par la morale, ni par les lois.

, J'ignore, futurs Nemrods, si la nature vous a donné fatalement cette passion en partage. Je me résume : chassez le moins possible au fusil; quand vous chassez, tirez bien. Quant à la chasse à courre, avec le *forcer* en perspective, croyez-moi, ne vous y livrez jamais !

J'aime autant l'*espada* des courses de taureaux, que le plus noble veneur de nos grandes chasses.

J'aurais le droit de le préférer même; car enfin l'espada court mille fois plus de dangers que le veneur, et, quoique poussé jusqu'à la témérité, c'est encore du courage !

XXXVII

APRÈS une trentaine de chapitres consacrés aux quadrupèdes les plus *usuels*, à leurs malheurs, à leurs qualités plus ou moins dignes de notre intérêt, j'allais passer aux oiseaux, c'est-à-dire aux objets de ma plus chère prédilection, lorsqu'en me relisant, je me suis aperçu que le chat n'avait pas six lignes dans mon ouvrage.

Je suis trop franc, pour ne pas vous avouer le motif, tenu secret jusqu'ici, de cette exclusion.

Je hais le chat de toutes les forces de mon âme. La création du chat est pour moi un mystère cent fois plus obscur que la création de la poulpe ou du serpent. Ses allures obliques, son égoïsme profond, son incapacité de tout attachement, sinon pour le garde-manger le plus fourni et pour le foyer le plus chaud, sa cruauté raffinée et sans objet, tout son être enfin révolte le mien au point de me rendre... cruel envers lui quand je le rencontre.

J'ai dit cruel, et je maintiens le mot. Je veux confesser ici qu'irrité d'un méfait assez léger, commis par un chat dans un plat vide, je l'ai mis impitoyablement à mort, et jeté sans sépulture sur un tas de fumier à la porte de ma demeure. Je veux avouer encore qu'ayant surpris deux chats occupés à dévaliser mon buffet d'un très-bon gigot, je les ai traqués dans une chambre située au premier étage et contraints à sauter par la fenêtre. J'ajouterai sans trop de difficultés, et bien que ma vergogne en souffre, qu'un excellent chat (au dire de ses maîtres), soupçonné par moi d'avoir croqué un de mes oiseaux, a subi le même sort, sous la menace d'un eustache que je tenais d'une main, et d'un martinet à habit que je brandissais de l'autre.

Je n'étais point alors membre de l'honorable Société protectrice des animaux. Lorsqu'il s'agit pour moi d'en faire partie, je me livrai à un sévère examen de conscience. Mes attentats à

7.

la conservation de l'espèce féline me revinrent en mémoire.

J'avais eu déjà des velléités d'amendement. Trouvant dans un fenil, à Torcigny, une chatte livrée aux soins de la maternité, j'avais demandé grâce au fermier pour la portée tout entière, et mon éloquence avait sauvé quatre petits matoux, d'un plongeon dans le biez du moulin.

L'âme rouverte à de plus doux sentiments, j'allais de temps en temps jouir de ma bonne action. Je prenais les petits chats dans leur nid de luzerne sèche et parfumée, je les caressais, je les emportais chez moi pour leur faire lécher du sucre; puis, je les rapportais à leur mère. Le plus souvent il me suffisait de lui présenter ses enfants un à un, au bas de l'échelle, pour qu'elle les prît délicatement dans sa gueule et les remontât dans la haute région de son domicile, le pied aussi ferme sur les échelons, qu'un mulet au bord d'un torrent.

Mais il existe sans doute entre les chats, bien qu'ils se détestent mutuellement, une franc-maçonnerie où la seconde vue et je ne sais quelle magie noire jouent un rôle; car, à cent lieues et à dix ans de distance, et quoique n'ayant jamais connu mes victimes, la chatte en question savait à n'en pas douter que j'avais

des assassinats sur la conscience. Point touchée
de mes complaisances pour sa jeune famille,
point touchée de leur salut, qu'elle me devait,
elle ne songeait tout bas qu'à venger sur moi
les malheurs de sa race. Elle choisit l'endroit
le plus sensible pour me frapper.

J'écrivais alors un petit livre qui me tira de
l'obscurité, en me valant le grand prix décerné
par la Société des gens de lettres. C'était
Perrine, que presque tous les journaux de
France ont publiée. J'en alignais les phrases
avec la componction d'un auteur tout plein
de son sujet, et je ne quittais guère ma table à
écrire, que pour aller prendre dehors, au doux
concert des chants d'oiseaux, au bruit aimable
des brises dans la feuillée et des eaux courantes,
le ton simple et touchant qui convient au peintre
de la nature, lorsque la maudite chatte décida
que l'heure de ma ruine allait sonner.

Une absence d'un quart d'heure environ suffit
à me faire ensuite retrouver les pages écrites
de mon manuscrit, froissées, disloquées, mêlées,
grêlées de coups de griffes, mais surtout (et
que le génie de la périphrase me soit en aide!)
souillées d'un liquide empruntant sa couleur au
soufre et son odeur à l'ammoniaque. Enfin mon
encrier était renversé sur mon papier blanc, et

mes plumes ébarbées couraient à l'aventure dans un état qui fit désespérer mon canif de leur restauration.

Quant à l'auteur de tant de maux, m'entendant revenir, il avait prestement disparu.

Après un moment de stupeur, je compris de quelle part me venait le sinistre; et, sans m'arrêter à collationner mon infortuné manuscrit, je pris la direction du fenil, pensant bien y trouver sinon la chatte elle-même, du moins quelqu'un des siens...

Et j'allais peut-être ajouter un crime à tous mes crimes! Mais la chatte intelligente avait prévu le cas: elle avait commencé par mettre en sûreté ses enfants, sur qui pouvait tomber ma colère, et je trouvai le nid vide et tous les minets envolés.

J'aurais pu supprimer la mention de mes propres méfaits et me borner à l'anecdote relative à la chatte et à ses petits: il en serait ressorti quelque chose d'odieux à la charge de l'espèce. Eh quoi, auriez-vous dit, est-ce par un semblable procédé que cette chatte a reconnu le salut de ses enfants?

Et vous auriez maudit avec moi ces tigres en miniature! Admirez ma grandeur d'âme et jugez par là de la sincérité de mon repentir.

Ne l'admirez pourtant pas trop, car il se pourrait bien que la solidarité des chats m'eût rendu circonspect, non-seulement dans mes actes envers eux, mais aussi dans mes discours.

L'expérience m'a profité : membre de la Société protectrice des animaux et, implicitement aussi, des chats, je leur fais patte de velours, quand je les rencontre ; je ne les jette plus par la fenêtre ; je ne leur envoie plus de coups de fusil. Mais je prêche en toute occasion pour la substitution du petit griffon anglais à Rodillard, en vue de la guerre aux souris et aux rats. J'ai déjà converti plus d'une personne à mon opinion, et j'espère consommer à petit bruit la ruine du matou, sinon comme principe constituant de la gibelote populaire, du moins comme défenseur de la propriété humaine, en démontrant, comme vous le verrez plus loin, que le hibou est le seul chat qui convienne tout à fait aux greniers de nos fermes et à la sécurité de nos enfants.

XXXVIII

LE poème de la vie des oiseaux a été chanté par M. Michelet, dans un livre incomparable, et j'estime que cette belle œuvre lui a rallié, par le cœur, bien des esprits que lui rend hostiles la couleur particulière de ses opinions. Voilà comment l'oiseau a été un gage de paix entre l'illustre auteur et plusieurs de ses contemporains, et comment, vers des régions dont on lui fermait l'accès, l'oiseau lui a prêté des ailes !

Et, comme il est arrivé que les sonnets fissent à eux seuls la gloire de Pétrarque, en dépit des vers sans nombre que le poète avait alignés pour la postérité, dans un poème de *la Navigation* que nul ne lit de nos jours, il se pourrait que, dans un millier d'années, le grand Michelet, ne lui déplaise, fût, pour nos arrière-neveux, l'auteur de l'*Oiseau* plutôt encore que de l'*Histoire de la Révolution française!*

Et combien ce livre est venu à propos pour tout le monde, s'il a vu le jour inopportunément pour moi! Tout le monde l'a lu, l'a aimé! J'avais déjà mon *Oiseau*, moi aussi, en portefeuille; et je n'ai plus eu, dans mon enthousiasme pour le livre du maître, qu'à mutiler impitoyablement le mien.

Tout ce que j'essayais de dire, le maître le disait si bien! Ce que je n'avais pas osé, il l'osait et les mains battaient!... On m'aurait peut-être sifflé.

La gloire est le passeport du génie et fait accepter certaines hardiesses. M. Michelet pouvait-il aimer plus que moi les oiseaux? Non; mais il avait plané avant de parler d'eux. On était fait à l'entendre parler de haut!

N'est-il pas heureux, quand on veut raconter les bonheurs de la gent ailée, n'est-il pas heureux d'avoir eu des ailes? Aussi M. Michelet a-t-il surtout réussi dans le portrait de la *Frégate*, cet oiseau voilier par excellence, qui ne peut que difficilement toucher terre : cette étude revenait de droit à un écrivain qui voit tout à vol d'oiseau !

Que dirais-je encore de l'hirondelle après lui ? Quelque chose pourtant ; car on n'a jamais fini avec elle.

En dehors de la question de sentiment, l'utilité de ce charmant insectivore est si évidente, qu'une sorte de piété publique et traditionnelle détourne d'elle nos piéges et le canon de nos fusils.

Seulement il ne faut point que l'habitude seule protége cet hôte charmant de nos demeures ; il faut que ce soit notre cœur et notre raison.

Ne l'oublions donc pas : l'homme jeté ignorant, relativement aveugle et presque sourd, ici-bas, n'a connu d'abord d'autres ennemis, que ceux dont la grosseur et l'ostensible acharnement contre lui, dénonçaient la présence.

Alors il a purgé, à quelques lieues à la ronde, la terre de ses gros reptiles, les bois de leurs loups et de leurs ours. Puis il a cultivé ce canton déblayé d'hôtes incommodes ou terribles.

Et voyant les moissons se dorer, les fruits mûrir, il s'est réjoui de sa puissance, et il a pensé que rien ne limiterait les bornes de son empire.

Mais il se savait trop de gré de son triomphe

local et partiel; et, de tous les alliés qui concou-
raient à ses cultures et qui favorisaient ses efforts,
sans lui demander aucun salaire, il n'a apprécié
qu'après un long temps — l'hirondelle.

Il est certain, si l'on se donne la peine d'y
réfléchir, que, sans l'hirondelle, il n'y aurait
ni fruits, ni moissons.

Ce petit, mais infatigable auxiliaire est incessamment occupé à purger l'air de myriades
d'insectes qui s'y élèvent comme une vapeur,
et qui, sans elle, y formeraient de véritables
nuages. Or la nourriture de ces insectes est
justement analogue à la nôtre, et ils consom-
ment de préférence les mets que nous pré-
férons.

Que demande l'oiseau, pour prix de cette
grande guerre annuelle, faite à des légions
ennemies que nos yeux découvrent à peine et
qu'il voit à cent pieds de distance, que notre
oreille n'entend qu'à quelques centimètres et
que nous ne pouvons poursuivre, ailées que
sont ces légions; que demande en retour, l'hirondelle à l'homme?

Rien, sinon l'hospitalité!

Elle demande l'hospitalité, et la conscience
des services rendus la persuade que nous ne la
lui refuserons point.

Aussi, ce qui frappe tout d'abord l'observateur, dans les allures particulières de cet oiseau, c'est sa confiance envers nous.

Il fait son nid dans nos cheminées, au coin de nos fenêtres, dans les trous de nos murailles, sous les corniches de nos édifices, dans les berges de nos rivières aux endroits les plus passagers du chemin de halage, partout où nous sommes enfin. Il chante le soleil, le printemps, l'amour, à portée d'être entendu, tandis que l'oiseau des bois se tait à notre approche, et que le rossignol choisit, pour dire ses cantates, l'heure de notre sommeil.

Ainsi persuadée de nous avoir pour amis, l'hirondelle, croisant sans fin ses courbes dans l'espace et chargée du butin qu'elle destine à ses petits, vient s'abattre à portée de la main, sur un nid qu'elle croit en sûreté, parce que l'oiseau de proie qui lui fait la guerre ne s'approche jamais à ce point de nos demeures.

Non contente de nous redire chaque matin, dans un gazouillement dont tout poète a chanté les délices, sa joie d'ange contemporain des premiers âges du monde, l'hirondelle nous sert encore de baromètre. Au plus ou moins d'élévation de son vol, nous pouvons juger du temps qu'il fera.

Rien ne l'arrête, quand il s'agit de porter le bienfait de ses luttes contre les fléaux de l'agriculture, par tout pays où l'homme creuse un sillon. Les mers, les orages, les brouillards épais, ne lui ferment ni les régions extrêmes, ni les îles lointaines. Tout nid bâti par elle une fois sous la saillie d'un toit humain, est un serment de revenir, serment tenu au péril de la vie, et que, si elle vient à périr dans le voyage, ses enfants tiennent pour elle.

Si, pour un motif inconnu, sa race mettait l'interdit sur une contrée, toutes les vermines, toutes les malédictions, toutes les pestes y éliraient domicile.

Dans chacune de ses tournées en l'air, une hirondelle avale en effet et détruit autant d'insectes, qu'il en faudrait pour ravager, en quelques années, le champ qu'elle rase de son vol.

Chose étrange! Dieu, dans toutes ses œuvres, a fait naître l'ordre, de la compétition des forces contraires. Le globe que nous habitons, roule dans l'espace avec une précision merveilleuse, sollicité pourtant par des attractions opposées. Et notre vie, à nous, comme la vie de tous les êtres, dépend du succès d'une lutte de nos organes contre la mort, de nos auxiliaires contre nos ennemis conjurés.

Néanmoins, nous faisons à la plupart de ces auxiliaires une guerre acharnée.

La guerre aux hirondelles est une exception; mais enfin quelques gens que j'appellerai sans conscience ou affolés, font la guerre *même* aux hirondelles.

Signalons à l'indignation, au mépris des êtres pensants, la population d'une bourgade alpestre, du nom d'Airolo, sur la route d'Italie; elle met son industrie à abattre par milliers les hirondelles, au passage d'automne, le long des corniches du Simplon.

Oui au filet, sans trêve ni merci, tant que passent les bataillons bienfaisants de nos amies les hirondelles! Et devinez ce qu'ils en font! Mon Dieu! c'est ici presque leur excuse : ils les mangent, quoique l'hirondelle rôtie soit bien, à raison de sa nourriture même, le rôti le plus détestable et le moins sain que l'on puisse imaginer : Autant vaudrait manger des chouettes!

Il me semble voir, quand je songe à cette révoltante absurdité, des bandes de condottieri, attendant pour les détrousser au passage, les phalanges françaises en route pour délivrer l'Italie des Autrichiens!

Mais l'Italie a un plus grand ennemi que

l'Autriche, depuis le pied des Alpes jusqu'au golfe de Messine inclusivement. Elle a son indolence !

Ce fait explique peut-être la chasse aux hirondelles pratiquée par les habitants misérables d'Airolo !

XXXIX

O N s'avise toujours trop tard de ce qui est
simple. Le dépérissement du bétail dans
de malsaines étables, infectes et sur-
baissées, a fini par donner l'éveil aux cultivateurs. Aussi voit-on l'architecture rurale accomplir, après des siècles de routine, quelques
progrès partiels. Il s'est même trouvé, dans ces
dernières années, des novateurs assez aventu-
reux, pour soutenir que la lumière et les couleurs claires étaient favorables à la santé du
bétail, parce qu'elles le sont à sa gaieté. J'ai vu,
près de Gernsbach, sur la Murg, dans le grand
duché de Baden, une étable construite dans ces
données exceptionnelles, et vraiment magnifique.

Le bâtiment bien éclairé et badigeonné annuellement en gris rose, à l'intérieur, était partagé en long par un trottoir de deux mètres, dallé, lavé, net comme le pavé d'une cuisine bien tenue. De chaque côté de ce trottoir étaient rangées les auges en pierre du troupeau, et les quatre-vingts têtes de bœufs et de vaches se montraient sur deux lignes au-dessus des auges, comme on voit tous les convives à la fois autour de la table du festin.

Et croyez-vous que les jouissances sociales et culinaires de la famille aux longues cornes luisantes et aux fanons pendants, fussent le seul objet des préoccupations du fermier ? Nullement. Il leur avait ménagé le concert joyeux des voix d'hirondelles. Aux rencontres de la charpente étaient suspendus les nids de ces oiseaux. Des vasistas, toujours ouverts, leur permettaient d'aller et de venir par tous les temps. Une recherche de propreté avait fait clouer des planchettes au-dessous de chaque nid, de manière à préserver la robe soyeuse du troupeau, de toute souillure.

J'ai vu les hirondelles raser, en gazouillant, les stalles de cette étable sans pareille, en apportant à leurs petits la nourriture qu'elles étaient allées butiner dans les campagnes voisines. J'ai vu les petites têtes noires des arondelas se pencher, curieuses et sans peur, au-dessus des vaches, mugissantes à l'approche de l'heure du souper. C'était merveille que la joie et la paix régnant dans cette royale et rustique habitation, complétées par la présence des beaux lits blancs des valets de ferme, sur une estrade placée à l'un des bouts de la galerie. En me promenant à pas lents dans ce palais de bois, en respirant l'air parfumé qui en remplissait les voûtes, j'ai souhaité d'y finir mes jours.

Le génie de la nature et le génie de l'homme s'y donnaient la main.

XL

Comme les oiseaux n'ont point entr'eux de hiérarchie fondée sur le plus ou moins d'intelligence individuelle de chacun, le respect de l'âge et de la tradition est bien, chez eux, le fait d'un sentiment d'amour et de confiance pour les auteurs de leurs jours. Aussi ne peut-on expliquer autrement la docilité avec laquelle les jeunes hirondelles suivent leurs parents aux assemblées d'automne, quand la république ailée examine l'opportunité du départ.

On voit alors les escouades de nouveaux-nés quitter, au signal des devanciers, le toit qui les a vu naître, et se rendre diligemment au

8

lieu choisi depuis des siècles, par la tribu, comme point de ralliement pour elle.

A Paris, les hirondelles se rassemblent au palais de l'Institut.

C'est là qu'on délibère, que les mères complètent l'éducation de leur lignée, en commandant, comme dans un camp de manœuvre, ces évolutions soudaines et brillantes où l'aile, timide encore, achève de s'aguerrir. Enfin les capitaines se mettent d'accord, et un beau matin, au petit jour, on voit s'ébranler toute la flotte.

On a dit (et l'on a eu raison de dire) que le signe principal auquel elles reconnaissent qu'il faut quitter une région, est le peu d'élévation du soleil d'automne. En effet, la lumière est la vie des oiseaux. Quand elle diminue, ils s'inquiètent. La transition même du jour à la nuit est pour eux une heure néfaste, comme pour les enfants. Mais ce qu'on n'a pas dit et ce qu'on ignore, c'est le moyen employé par ces nomades pour reconnaître, en changeant d'hémisphère, le lieu de leur installation des années passées.

L'amour de la patrie serait-il si fort, chez les oiseaux, que cet amour leur donnât la seconde vue et leur fît deviner à mille lieues de distance, s'ils sont bien sur la voie du minaret ou du clocher natal!

Ce sens moral nous manque à tel point, que nous manquons même d'une hypothèse explicative. Comment nous rassurer sur notre impuissance à nous conduire, et sur la science mystérieuse pratiquée par les hirondelles, par les abeilles, par les pigeons voyageurs ? Nous les voyons passer comme emportés par un ouragan. Ils savent où ils vont. Comment le saurions-nous à leur place?

On a parlé des courants du magnétisme terrestre ; mais, s'ils se propagent en ligne droite entre le nord et le sud, comment les hirondelles seraient-elles informées par ces courants, du moment où elles doivent décrire une courbe ou suivre une ligne oblique, en avançant sur la mappemonde ? Elles ne s'abandonnent donc point en aveugles à ces courants, à supposer qu'elles soient munies d'un sens particulier pour les sentir.

D'ailleurs, ces courants sont continus ; et, si les hirondelles ne consultaient qu'eux, parvenues approximativement dans la région que le soleil de mai tempère, elles s'y fixeraient le temps des beaux jours. Elles ne tiendraient point à habiter le même nid, dans la même rue de la

même ville, ou sous le porche de la même
ferme. Reconnaissons en elles quelque chose de
plus que dans les machines, que dis-je? de
plus qu'en nous-mêmes! L'homme nomade ne
tient pas à replanter les piquets de sa tente et
les palissades de ses troupeaux à quelques
lieues près. Le site l'attire moins que la bonté
du pâturage; et il semble qu'au rebours, l'hirondelle tienne à ses anciens pénates, lors
même qu'elle ne doit les retrouver que dans la
brumeuse Angleterre ou dans la sauvage et
triste Islande. A cette religion de la fidélité,
elle sacrifie d'autres intérêts plus matériels.

Un seul motif détermine les hirondelles à
renoncer à une habitation de leur choix : le
viol de l'hospitalité, par l'hôte à qui son pacte
l'avait liée.

« Je me souviens, dit le docteur Jonathan
Franklin, d'avoir habité pendant six mois, en
Ecosse, un vieux château qui mériterait bien
d'être décrit !... Il y avait une salle basse et
voûtée qui nous servait de salle à manger. Ce
rez-de-chaussée était éclairé par une grande
fenêtre dont une vitre était brisée.

» Par cette ouverture entraient fréquemment
deux hirondelles, le mâle et la femelle, qui
avaient bâti leur nid moitié contre le mur, moi-

tié contre un des chassis. Aux heures des repas, nous prenions un plaisir singulier à voir ces deux oiseaux entrer dans la chambre et porter la nourriture à leurs petits ; car nous entendions bien, à certains cris, que le nid n'était pas stérile.

» Un jour, jour néfaste, une nouvelle servante eut la malencontreuse idée d'ouvrir tout grands les deux battants de la fenêtre. Le nid tomba au milieu de la chambre.

» Je vois encore les cinq petits sans plumes qui se débattaient dans les souffrances de l'agonie. Quoique cette impression soit ancienne, elle ne s'effacera jamais de ma mémoire.

»...Mais ce qui m'attendrit encore davantage, quelques minutes après, ce furent les cris désolés de la mère, le vol inquiet du père, qui cherchaient tous les deux leur nid, le fruit sacré de leurs amours, et qui ne les trouvaient plus.

» Les deux oiseaux infortunés quittèrent pour jamais ces lieux maudits où l'on ne respectait point le dépôt de la maternité.

» Un an après, le fils du châtelain fut tué à la chasse, d'un coup de fusil qu'un des chasseurs, maladroit, adressait à un chevreuil... »

Encore une remarque sur l'hirondelle, que nous aurons également lieu de faire à propos de la cigogne et de quelques autres oiseaux voyageurs :

Lorsque l'heure du départ a sonné, que la première couvée, menée à bien, est dans le devoir de partir et demande un guide à travers l'espace, et qu'il reste au nid quelque couvée arriérée ou prématurément surprise par la mauvaise saison, l'hirondelle se trouve alors dans une perplexité singulière.

Que faire? A quel parti s'arrêter? Sacrifiera-t-elle les aînés ou les cadets? Les aînés sont peut-être assez forts pour se tirer d'affaire? Et d'un autre côté, si la froidure tarit, pour les plus jeunes, les sources de la vie, en faisant disparaître les insectes, de quoi les nourrir? Prolonger leur existence, c'est prolonger leur agonie! Plus âgés de quelques jours, ils sentiront plus fort les tortures de la faim, quand père et mère ne pourront plus leur apporter ni un vermisseau ni une mouche!... Cependant le soleil s'abaisse et devient plus pâle. Le soleil commande le départ. Désobéira-t-on au commandement principal de ce grand dieu?

Telle est la situation dans son horreur.

Et gardez-vous de croire que le parti de l'hirondelle soit vite pris. Elle aussi, comme le genre humain, connaît l'indécision et ses supplices. Tantôt elle prolonge son séjour, espérant voir sortir du nid, avant les gelées, ces pauvres enfants trop tard éclos et si débiles encore! Tantôt, vaincue par l'évidence, elle les voue à la mort, et s'envole avec les autres en soupirant.

Le docteur Franklin, que j'aurai souvent l'occasion de citer, a assisté au retour de cette hirondelle au seuil du nid où elle avait laissé ses derniers nés. Six mois plus tard elle voulait du moins faire disparaître les traces du sacrifice, en arrachant de ce nid les restes desséchés de ses enfants morts, et préparer une couche aux petits à venir; mais, n'y parvenant point, elle comprit qu'il fallait dire un éternel adieu à cette couche néfaste, et elle mura la fenêtre de sa demeure, la métamorphosant ainsi en tombeau!

L'indifférence bestiale aurait laissé le nid ouvert à tous les vents; et les moineaux, moins scrupuleux, auraient fait, de l'emplacement, leur affaire!

Entr'autres dogmes religieux, l'hirondelle croit devoir mépriser et au besoin exterminer le moineau envahisseur. M. Henry Berthoud, dans un feuilleton souvent reproduit par la presse, nous raconte qu'ayant trouvé une nichée de moineaux gaillardement installés dans leurs

foyers, un père et une mère hirondelles, assistés
de leurs voisins, en ont muré la porte, et fait
périr ainsi la lignée des parasites sacriléges.

Dans le livre d'honneur de l'espèce, ces sortes
d'envahissements sont considérés et traités
comme le dernier outrage.

Ce que l'honneur n'admet point davantage,
c'est qu'une hirondelle meure à l'escient de ses
concitoyennes, sans avoir été vaillamment se-
courue.

Dernièrement, sur la place Vendôme, à l'état-
major de la garde nationale, une jeune hirondelle se trouva, je ne sais trop comment, la
patte prise dans un fil dont l'extrémité opposée
s'était accrochée à une gouttière. Aussitôt le
chœur ailé d'accourir, et, à force de passer et
de repasser en frappant le fil, du bec et de
l'aile, la tribu rendit la prisonnière à la liberté.

XLI

PEUT-ON élever et apprivoiser complètement
l'hirondelle ?

On peut l'élever jusqu'au moment de la
migration ; mais, à ce moment critique, une inquiétude fébrile la rend farouche, et la fait mourir, si elle ne parvient à s'évader.

Les bons soins, la chaleur, une nourriture
de son choix, rien n'y fait.

Dieu a dit :

« Tu émigreras, ou tu mourras !... »

La créature obéit. Voilà tout. (*)

_____

(*) L'auteur, trop absolu sans doute dans l'affirmation qui
précède, trouve dans une lettre que M. Bourguin, secrétaire

8.

général de la Société protectrice des animaux, lui a fait l'honneur de lui écrire, un fait, exceptionnel sans doute, mais tendant à prouver que l'hirondelle elle-même subit, dans certains cas, au mépris de son instinct *migrateur*, l'influence de l'homme.

« Je puis vous attester, m'écrit M. Bourguin, que j'ai vu, il y a quelques années, au mois de février, chez une dame, qui habitait le château de Ferrière, près Maubeuge, deux hirondelles qui avaient déjà passé trois années en captivité. On les nourrissait comme des rossignols. L'hiver, on les tenait en serre tempérée ; on garnissait de flanelle leurs perchoirs, et, pendant la nuit, on couvrait leur cage d'une flanelle. Ces hirondelles étaient fort vives et très-familières. Lâchées dans la chambre, elles venaient se poser sur les mains de leur maîtresse. »

XLII

L E Créateur a divisé par climats les oiseaux
épurateurs. Sous les tropiques, dans l'ancien
hémisphère comme dans le nouveau, ce
sont les vautours qui sont chargés de la voirie.
Une incroyable gloutonnerie leur permet de faire
disparaître les immondices et les débris en
quelques heures. Ils font la place nette, et quand
l'homme paraît à son réveil, tout est balayé.

Dans le Nord, où les exhalaisons putrides sont
moins à craindre, les oiseaux épurateurs sont
moins voraces et plus intelligents. Ici l'humidité
constante fait pulluler les batraciens et les petits
reptiles. C'est l'affaire de la cigogne.

Oiseau voyageur aussi, elle est connue dans
l'Orient comme dans nos contrées septentrio-

nales; mais nulle part elle n'est plus fêtée que dans ces derniers pays.

A Bâle, quand les cigognes arrivent, on donne de grands festins. Elles prennent possession des caisses carrées entretenues à leur intention sur le sommet de plusieurs édifices. Leurs nids se composent de branchages secs et grossièrement entrelacés. Elles les réparent et visitent les marais du Rhin, de la Wiese, de la Birse et d'Alschwyll. C'est là que, tantôt solitaires, tantôt réunies, elles prennent gravement leurs repas. Puis elles reviennent planer en tournoyant, au soleil qui se couche, et allongent soudainement leurs longues jambes pour se percher, qui sur les tours des portes de la ville, qui sur le faîte des cathédrales, du pied desquelles on entend claqueter leur bec comme la cresselle, ou comme le tic-tac d'un moulin.

Sympathiques à l'homme, elles n'usent jamais à son détriment de la mutuelle proximité dans laquelle ils vivent. Jamais un dégât commis par elles, dans les jardins qu'elles visitent pour en éliminer les limaces, les couleuvres, les mulots. Mais à Bâle, dont les habitants se distinguent par le phlegme, point par la cordialité des Hollandais, la cigogne ne se hasarde point dans les rues comme en Hollande, où on la trouve se promenant gravement et paisiblement au travers des rues les plus populeuses.

Après les services qu'elle rend partout où elle passe, ce qui a le plus contribué à sa bonne réputation, c'est son amour maternel et l'ensemble de ses vertus de famille. Cet échassier est en effet, si l'on en croit ses biographies, le modèle de la fidélité conjugale.

Mais, comme l'amour est d'autant plus jaloux qu'il est plus tendre, on raconte qu'une cigogne mâle ayant trouvé des petits poulets au lieu de cigogneaux dans son nid, alla sur le champ dénoncer sa honte aux cigognes du voisinage. Toutes s'assemblèrent indignées de l'outrage fait à l'honneur de sa maison, et fondirent incontinent sur l'épouse réputée infidèle. On la mit impitoyablement à mort.

A ceux qui seraient surpris d'apprendre qu'une cigogne avait pondu des œufs de poule, je dirai que c'était l'espiéglerie d'un Anglais, qui n'avait rien trouvé de mieux, pour donner des œufs de cigogne à couver à sa poule, que de donner les œufs de sa poule à la cigogne. Mais la pauvre échassière n'était pour rien dans cette substitution, qui lui fut mortelle. Perfide Albion, voilà de tes coups!..

Une tradition de Delft, en Hollande, prête à

cet oiseau un degré d'attachement à ses petits, supérieur à celui qui distingue les poules et les hirondelles. Un incendie, s'étant déclaré dans la ville, en avait déjà consumé une partie, lorsque la tour habitée par une famille de cigogneaux fut soudainement envahie par les flammes.

La mère épuisa d'abord tous les moyens en son pouvoir, pour arracher sa progéniture à la mort; mais, voyant ses efforts inutiles, elle résolut de périr avec eux. On vit un moment encore, au reflet du feu, le plumage blanc et noir de la pauvre mère; et puis un tourbillon a déroba pour jamais, comme Jeanne-d'Arc, aux regards des spectateurs attendris.

Plus d'une fois la reconnaissance d'un bienfait a rendu sédentaire une cigogne élevée dans l'habitude des migrations semestrielles. On cite une cigogne qui, ayant eu la jambe cassée, trouva un chirurgien entendu et compâtissant, dans le propriétaire de la maison dont elle habitait les combles. Ce bon procédé l'attacha si fort à cette personne, qu'elle laissa passer le temps du départ sans songer à imiter ses pareilles. Elle vécut depuis lors avec les autres animaux de la basse-cour. Peut-être le moment réglé pour le départ la surprit-elle avant sa guérison complète; et craignant d'entreprendre un long voyage en cet état, elle remit ce voyage à un temps meilleur. Mais plus tard la reconnaissance et l'amitié l'emportèrent.

On ne peut voir, sans regretter la présence de ces oiseaux, les contrées du centre de la France, qui gagneraient tant à les acclimater; mais la chasse faite à outrance et sans discernement ruine peu à peu les pays où l'on s'y livre de cette manière.

J'aime décidément mieux le fétichisme des Égyptiens à l'endroit de l'ibis et des oiseaux pareillement utiles, que cette rage de détruire qui s'est emparé des nations de l'Occident, surtout depuis que les révolutions ont ravi aux classes privilégiées le monopole de la chasse. Il semble que le petit bourgeois et le paysan plus ou moins enrichi, tirent gloire de la faculté qu'ils ont de mitrailler des allouettes en achetant vingt-cinq francs un port d'armes. Cet exercice réservé jadis à la noblesse, persuade ces braves gens de leur avénement à un état supérieur, et ils lâcheraient sur leurs pelouses des lapins de clapier, plutôt que de s'abstenir de tout exploit cynégétique.

Pour leur excuse, hâtons-nous de dire que peu d'entre eux savent tout le mal qu'ils font.

Je me souviens d'avoir, en Bourbonnais, stu-

péfait un petit propriétaire foncier, en lui démontrant que la fièvre de marais, dont lui et
les siens étaient minés, avait pour cause l'extrême
rareté de ces beaux cygnes, dont il venait d'a-
battre un couple dans des circonstances de tir
qui enflaient passablement son orgueil.

Il ne se doutait point que la nature eût assigné
à cet oiseau réputé de pur agrément, un rôle
épurateur comme à la cigogne, comme à l'hirondelle, et que la lentille d'eau, cette mousse
des étangs que la baisse des eaux convertit en
un fumier putride, en été, n'eût pas de consom-
mateur plus friand que le cygne; qu'ainsi une
paire ou deux de ces oiseaux acclimatés sur un
étang fissent plus que le sulfate de quinine,
contre la fièvre de marais.

Mais je m'aperçois que les considérations
purement utilitaires m'éloignent peu à peu de
mon sujet principal, et que j'oublie de parler des
mérites de l'oiseau, pour ne m'occuper que de
ses avantages.

Autant vaudrait raconter ici l'excellence de la
poularde de Bresse, ou la succulence du dindon.

La vérité est que le cygne, très-utile sa vie
durant, est fort mauvais à manger, quand il est
mort. Mais ce serait encore un motif de le laisser
vivre, sans s'appesantir longuement sur ses

grâces, sur ses vertus, sur l'intelligence dont il fait preuve, sur ce bouillant courage qui lui fait affronter le renard et l'aigle pour la défense de ses petits. (*)

M'est avis que, sans voler si haut, je devrais chanter ici les vertus de l'oie, du coq et de la poule. Le sujet n'est pas neuf; mais je ne puis l'aborder après tant d'autres, sans goûter par avance quelque plaisir.

(*) Tandis que je corrige cette épreuve, un de mes amis me raconte l'anecdote que voici :

Un propriétaire avait, sur l'étang de son château, une paire de magnifiques cygnes. Le ménage palmipède vivait heureux avec une couvée longtemps espérée, déjà grandelette.

Un jour, ne voyant point madame et la cherchant, monsieur le cygne la trouva à l'écart dans une conversation, avec l'aîné des cygneaux, qui lui parut criminelle. Il n'est pas rare de voir les jeunes coqs épouser les vieilles poules qui les ont couvés. La paix publique n'en est pas troublée; mais chez les cygnes, les mœurs sont plus régulières. Le père mit à mort le fils incestueux et noya la mère coupable, en lui tenant la tête sous l'eau. En même temps il conçut, du sexe, auquel la défunte appartenait, une si grande horreur, que jamais, depuis lors, il n'a supporté qu'une autre femelle parût sur l'étang. Trois de ces infortunées ayant péri, noyées par lui, comme les sultanes sacrifiées par la jalousie d'Achmet dans les eaux du Bosphore, le propriétaire se défit du terrible vengeur de l'honneur des cygnes, en faveur du jardin zoologique de Grenoble, où l'on peut le voir encore, boudant sa propre race, mais faisant accueil aux hommes, qu'il paraît chérir... Les connaît-il bien?..

XLIII

Pauvre bête, noble et grand cœur, elle a
résisté à l'influence de l'homme, au point
de ne devenir, dans nos basses-cours, ni
vaniteuse, ni égoïste, ni rachitique, ni stupide! Je parle de l'oie.

Peu d'espèces domestiquées pourraient en
montrer autant.

Le docteur Jonathan Franklin cite une oie
d'Ecosse qui suivait son maître comme le
chien le plus fidèle, et qui le reconnaissait
toujours quelque travestissement qu'il prît;
une autre oie (et le fait est plus touchant
encore) qui se voua au service de sa pauvre
vieille maîtresse devenue aveugle, au point de

la tirer par la robe avec son bec, pour la conduire sûrement partout où elle voulait aller.

C'était en Allemagne. Un jour, dit Franklin,
le pasteur alla rendre visite à la dame, qui
était sortie ; mais il trouva la fille et lui témoi-
gna quelque surprise de ce qu'elle laissait sa
mère s'aventurer ainsi toute seule :

— Ah ! Monsieur, répondit-elle, nous ne crai-
gnons rien : ma mère n'est pas seule, puisque
le jars est avec elle !

Les dimanches, l'oiseau conduisait l'aveugle
à l'église ; puis elle se retirait dans le cimetière,
pour brouter l'herbe, en attendant l'issue du
service divin.

Je trouve, sur l'attachement dont cet oiseau
est capable, une note intéressante, dans l'ouvrage de M. de Buffon.

Cette note émanait du concierge de Ris,
terre appartenant à M. Anisson du Perron.

« Il faut savoir, dit Emmanuel, qu'ils étaient
deux jars (ou mâles) dans la basse-cour, un gris
et un blanc, avec trois femelles.

» C'était toujours querelles entre ces deux
jars, à qui aurait la compagnie de ces trois dames. Quand l'un ou l'autre s'était rendu leur
maître, il se mettait à leur tête, de peur que
l'autre n'approchât.

» Celui qui s'était fait bien venir la veille, ne voulait pas se séparer des dames le lendemain. Aussi les deux prétendants en vinrent-ils aux combats, et si furieux qu'il fallait y courir pour les séparer.

» Un jour entr'autres, attiré du fond du jardin par leurs cris, je les trouvai les cols entrelacés, se donnant des coups d'aile avec une rapidité et une force étonnantes.

» Les trois femelles tournaient autour, comme voulant les apaiser, mais inutilement. Enfin le jars blanc eut le dessous, se trouva renversé et il était fort maltraité par l'autre. Je les séparai, heureusement pour le blanc, qui y aurait perdu la vie.

» Alors le gris se mit à crier, à chanter, à battre des ailes en courant rejoindre ses compagnes, et leur faisant à chacune un ramage qui ne finissait point et auquel répondaient les trois dames, qui vinrent se ranger autour de lui.

» Pendant ce temps-là, le pauvre Jacquot (c'était le jars blanc) faisait pitié, et, se retirant tristement, jetait des cris de misère. Il fut plusieurs jours à se rétablir, durant lesquels j'eus occasion de passer dans les cours où il se tenait.

» Je le voyais toujours exclu de la société, et à chaque fois que je passais, il me venait faire des harangues, sans doute pour me remercier du secours que je lui avais donné dans sa grande affaire.

» Un jour il s'approcha de si près, me marquant tant d'amitié, que je ne pus m'empêcher de le caresser, en lui passant la main le long du col et du dos, à quoi il parut très-sensible, et il me suivit jusqu'à l'entrée des cours.

» Le lendemain, il ne manqua pas de courir après moi; je lui fis la même caresse, dont il ne rassasiait pas; et cependant, par ses façons, il avait l'air de me conduire du côté de ses chères amies; je l'y conduisis en effet. En arrivant, il commença sa harangue aux trois dames, qui ne manquèrent pas d'y répondre. Aussitôt le conquérant gris sauta sur Jacquot. Je le laissai faire pour un moment. Il était toujours le plus fort. Enfin, perdant patience, je pris le parti de mon Jacquot, qui avait le dessous : je le remis dessus, et par ce secours il devint le vainqueur du gris et il s'éloigna fièrement avec les trois demoiselles.

» Quand l'ami Jacquot se vit le maître, il n'osait plus quitter la compagnie, et par conséquent il ne venait plus à moi, quand je passais ; mais il me donnait de loin beaucoup de marques d'amitié, en criant et battant des ailes.

» Le temps se passa ainsi jusqu'à la couvaison, qu'il ne me parlait toujours que de loin ; mais quand les dames se mirent à couver, il les laissa à leur affaire et redoubla ses amitiés vis-à-vis de moi.

» Un jour, m'ayant suivi jusqu'à la glacière, tout au bout du parc, qui était l'endroit où il me fallait le quitter, poursuivant ma route pour aller aux bois d'Orangis, à une demi-lieue de là, je l'enfermai dans le parc. Il ne se vit pas plutôt séparé de moi, qu'il jeta des cris étranges. Je suivais cependant mon chemin, et j'étais environ au tiers de la route du bois, quand le bruit d'un gros vol me fit tourner la tête : je vis mon Jacquot s'abattre à quatre pas de moi ; il me suivit dans tout le chemin, partie à pied, partie au vol, me devançant souvent et s'arrêtant aux croisières des chemins, pour voir celui que je voulais prendre.

» Notre voyage dura ainsi depuis dix heures du matin jusqu'à huit heures du soir, sans que mon compagnon eût manqué de me suivre dans tous les détours du bois, et sans qu'il parût fatigué.

» Dès lors il se mit à me suivre et à m'ac-
compagner partout, au point d'en devenir importun, ne pouvant aller en aucun endroit
qu'il ne fût sur mes pas, jusqu'à venir un jour
me trouver dans l'église. Une autre fois, comme
il me cherchait dans le village, en passant devant la croisée de M. le curé, il m'entendit
parler dans sa chambre. Et, trouvant la porte
de la cour ouverte, il entre, monte l'escalier ;
et, en entrant, il pousse un cri de joie, qui fit
grand peur à M. le curé.

» Je m'afflige en vous contant de si beaux
traits de mon bon et fidèle Jacquot, quand je
pense que c'est moi qui ai rompu le premier
une si belle amitié. Mais il a fallu m'en séparer par force ! Le pauvre Jacquot croyait être
libre dans les appartements les plus honnêtes
comme dans le sien ; et, après plusieurs accidents de ce genre, on me l'enferma et je ne le
vis plus. Mais son inquiétude a duré plus d'un
an, et il en a perdu la vie de chagrin.

» Il est devenu sec comme un morceau de
bois, suivant ce que l'on m'a dit ; car je n'ai
point voulu le voir, et l'on m'a caché sa mort
plus de deux mois après qu'il a été défunt.

» S'il fallait répéter tous les traits d'amitié
que le pauvre Jacquot m'a faits, je ne finirais

pas de trois jours, sans cesser d'écrire. Il est mort dans la troisième année de son règne d'amitié. Il avait en tout sept ans et deux mois. »

La sagesse des nations est ici décidément en défaut, et il faut rayer la locution : *Bête comme une oie !*

A moins que la sensibilité la plus exquise ne soit pas une preuve de beaucoup d'esprit ! Bienheureux, en ce cas, les simples d'esprit, s'ils sont les fervents de cœurs ! Bienheureux cet homme et cette bête de s'être connus et compris !

Voilà pour le cœur de l'oie. Je pourrais parler de sa rare intelligence, raconter par quelle savante manœuvre un vol d'oie, formé en triangle pour mieux fendre l'air, donne successivement la tête de colonne à conduire à chacun des membres de la tribu émigrante, de façon que chacun puisse se reposer à son tour. Je pourrais redire comment Rome et Strasbourg ont été sauvées d'attaques nocturnes, par la vigilance des oies juchées et en faction sur leurs capitoles, ce qui n'empêche point la capitale de l'Alsace, bonne ville d'ailleurs, de spéculer ignoblement sur les foies d'oie rendus énormes, dans le corps de ces pauvres bêtes, par une opération chirurgicale dont le récit vous inspirerait une légitime horreur.

Terminons l'éloge des oies, en rapportant un fait garanti par le docteur Franklin et qui surpasse peut-être l'histoire de Jacquot ; car il s'agit d'un testament fait, par une mère oie, en faveur de ses enfants et dont elle confia, de son vivant, l'exécution à une de ses pareilles :

« Une vieille oie couvait, depuis une quinzaine de jours, ses œufs dans la cuisine d'un fermier. Tout-à-coup elle tomba malade. Sentant sans doute sa fin prochaine, elle quitta son nid et se rendit dans une dépendance de la ferme où il y avait une jeune oie d'un an.

» Dans le langage des oies (et elles en ont un, à n'en pas douter) la vieille mère lui communiqua ses inquiétudes sur l'avenir de sa couvée. Il faut croire que ce langage fut entendu ; car la jeune oie, qui n'était jamais entrée jusque là dans la cuisine, y vint, pour la première fois, conduite par la malade. Elle sauta immédiatement dans le nid de la vieille, qui s'assit à côté d'elle et mourut. La jeune couva les œufs et éleva les petits. »

Avant d'aborder un autre sujet, je note ici, pour le livrer aux méditations de mes lecteurs, un phénomène que je ne me fais nullement

9

fort d'expliquer. Me promenant avec un loup
apprivoisé comme un chien, et qui me suivait
à quelques pas en arrière, dans un canton
coupé en tous sens de haies fort épaisses et fort
élevées, je fus très-surpris de voir, à près d'un
kilomètre de distance, une troupe nombreuse
d'oies domestiques se rassembler au milieu d'un
pré où elle pâturait, et prendre son vol avec un
ensemble militaire dans la direction d'une ferme
voisine.

L'extrême inquiétude manifestée par ces oiseaux dans cette évolution, la précision et la
rapidité avec lesquelles elle fut accomplie, ne
me permettent point de douter que la présence
du loup fut la cause de ce départ précipité.
Mais j'affirme que ni la vue, ni l'oreille ne
purent avertir les oies du danger qu'elles
croyaient courir. Quant à l'odorat, je demanderai quelle odeur peut communiquer en une
seconde, à un kilomètre de distance, un loup
arrivant dans une direction opposée au vent.

XLIV

IL ne faut point s'adonner à l'étude du cœur de la poule, quand on est dégoûté de celle du cœur humain. Non qu'il soit mauvais; mais il lui ressemble en tant de points, que la basse-cour est l'image de la société en raccourci.

C'est à peu près comme si l'on regardait le monde par le fond d'un verre à boire.

Quelques auteurs ont exalté la poule, et d'autres, pour se singulariser sans doute, l'ont rabaissée autant qu'ils ont pu.

Le très-piquant auteur de l'*Esprit des Bêtes*, le savant et paradoxal Toussenel a pris en particulier le coq à partie, et il l'a maltraité si rudement, que la pauvre bête est sortie de ses mains déplumée et bonne encore tout au plus à mettre à la broche.

N'en déplaise à ce spirituel pourfendeur de coqs, le roi de la basse-cour est un assez bon prince, et il ne faut point que les philosophes en veuillent trop à un Sicambre d'avoir, en matière de mariage, adopté les maximes du Coran et du roi Dagobert.

Laissons donc aux oies, aux cigognes, aux gerfauts, le culte de la monogamie qui est dans leur nature, et soyons assez éclectiques, pour ne pas condamner Gallus à propos de son harem.

Gallus est généreux. Il ne lésine point avec son gros ménage, qu'il entretient de son mieux en fouillant la terre et la paille, et laissant manger à ses compagnes et à leurs poussins les graines et les vermisseaux qu'il a mis à découvert.

Qu'il est beau, et qu'il est brave! comme il se dresse fièrement sur ses ergots, en secouant l'aigrette et la crinière de son casque, et battant des ailes, quand il s'agit d'attaquer! Et, quand il faut plier, comme il marche le dernier en couvrant la retraite!

Dans l'occasion, et quand il n'a point de rival

du même sexe, avec qui batailler pour s'entretenir la main, il gourmande un peu rudement
les poules; mais les femmes aiment à être
battues, surtout dans la classe à laquelle la
poule appartient.

La poule n'est point une grande dame. C'est
plutôt la ménagère babillarde, active au travail
et non moins active aux *caquets*. Le mot même
a été imaginé pour elle. Douée de peu d'imagination, elle tourne dans un cercle d'idées
domestiques. Sa poésie est le culte du soleil,
l'obéissance à son époux, l'amour maternel.

La variété des croisements de la basse-cour
a produit en outre, chez elle, l'*individualisme*,
comme chez les hommes, comme chez les
chiens. L'oie et le canard ont mieux résisté à
cette contagion. Il y a moins de différence entre
l'oie sauvage et l'oie domestique, qu'entre la
poule de nos fermes et la poule sauvage, que
bien des gens ne prendraient peut-être point
pour une poule, si elle se trouvait sur leur
chemin.

On ne peut même pas dire : voici le type de
la poule domestique. Où le prendrait-on? Les
poules sont de toutes les couleurs de l'arc-en-
ciel. Elles sont blanches, elles sont noires, elles
ont du bleu, du vert, du jaune, du rouge dans

· leur toilette, et tous les mélanges de ces couleurs, et des dispositions d'œils de perdrix, et des mouchetures, qui mettent encore pour longtemps le Producteur de ces plumages au-dessus des plus grands fabricants de soieries de Lyon. En outre elles varient de forme, de grandeur, d'allures. Elles sont panachées, comme des orientaux sous le turban, ou elles se contentent de porter sur le front et sous le menton la décoration de leur époux : un petit nœud de la Légion d'honneur. Mais, quelle que soit leur parure, elles y donnent peu d'attention, étant restées généralement des filles de village; et quand on les voit à leurs affaires, il semble toujours qu'elles aient les bouts de manche en toile bise et le tablier assorti.

Avec cela il y en a de rangées, de prodigues, de chastes et de débauchées. Il y en a d'aimables; il y en a de farouches. Il y en a qui perdent leurs œufs à mesure qu'elles les pondent, et d'autres qui, où que le besoin de les déposer à terre les ait surprises, les y couvent et au besoin meurent dessus.

Toutes ou presque toutes tombent dans le piége qu'on leur tend, par la substitution des œufs de canard et des œufs de perdrix, à ceux qu'elles ont pondus et que nous mangeons sur le plat ou à la mouillette. Leur désespoir, à la vue des canetons adoptifs se jetant à l'eau dès qu'ils sont sortis de la coquille, est devenu proverbial. C'est abuser de leur sensibilité.

Leur haine des chats aurait suffi à m'intéresser en faveur des poules, tant ce sentiment a d'écho naturel en moi. Un voisin avait une écurie dévastée par les souris ; et, comme les chevaux commençaient à souffrir de la multitude de ces rongeurs, jusque dans la corne de leurs sabots, il fut résolu que l'on mettrait l'écurie à bas. Je vois encore les maçons jetant souris et souriceaux par pelletées, avec les gravois de la démolition, et quelques chats sans appétit s'amusant à torturer ces pauvres bêtes. Par bonheur pour les souris, un troupeau nombreux de poules était là ; ces mères de famille ne purent assister de sang-froid à ces turpitudes, et saisissant les souris à la barbe des chats, elles mirent tant de diligence à les expédier dans le royaume de l'éternelle paix, qu'elles oubliaient par instant de les tuer avant de les avaler. Aussi voyait-on les captives remuer encore dans le canal digestif des gallinacées bienfaisantes.

Ce sont les poussins qui abandonnent leur mère, dès qu'ils sont ou qu'ils se croient majeurs ; point, comme on l'a dit, la poule qu renvoie ses enfants. Les poulettes sont, comme nos petites bourgeoises, impatientes de jouer à la dame et de pratiquer l'indépendance. Les jeunes cochets se donnent des airs de messieurs, dès qu'ils se sentent au front la plus petite crête ; et, pour aller au collége, ils aiment à chausser l'éperon.

Rien n'est plus drôle que les duels auxquels se livrent ces petits jeunes gens. Dès que la partie s'échauffe, on les voit jeter leur fleuret, et courir, tout effarés, se cacher sous les jupons de leur mère.

Tout le monde a vu le frisson parcourir la basse-cour au signal, donné par le coq, du voisinage d'un oiseau de proie. Dès que le milan est en vue, il se fait un grand silence. Les poules gagnent un endroit obscur et abritent sous leurs ailes les poussins en danger. Si, par malheur, le milan a grand appétit, il fond sur quelque pauvre mère isolée ; et c'est merveille alors, de voir comment une poule défend sa couvée contre un forban qui la convoite. Mais, qui le croirait ? L'hirondelle, plus petite que le plus petit poulet, est plus habile que le plus gros coq, à mettre les oiseaux de proie en fuite. Cinq ou six hirondelles suffisent pour opérer ce miracle, et c'est encore un bienfait, pour la ferme, que l'babitation de ces vaillantes petites amazones sous l'avant de ses toits!

Pas n'est besoin de dire, que la façon dont les poulets sacrés de l'antique Rome daignaient manger le grain qui leur était offert par les haruspices, ne me ferait renoncer à aucune entreprise, lorsque j'aurais la résolution de la mettre en œuvre, ni ôter mes bottes, quand je voudrais monter à cheval.

Mais je tiens à l'assentiment du coq, lorsque je projette une excursion.

S'il chante hors de temps, s'il bat fréquemment des ailes, si l'hirondelle vole bas, si la mouche pique, si la suie se détache toute seule et tombe par écailles dans la cendre de mon âtre, enfin si j'entends crier les oies au milieu de l'étang, je prends mon parapluie, quand même le soleil brillerait en ce moment là; car on trouve, ailleurs que chez l'opticien, d'infaillibles et excellents baromètres!

XLV

LE canard a du bon. Il est trop bon peut-
être, puisque sa femme le trompe. Paul
du Plessis avait acheté un couple de canards et l'avait transféré dans son poulailler.
Ces animaux semblaient s'aimer. La cane et le
canard causaient tout le long du jour, en cette
longue nazillarde, mais adoucie et comme rendue intime, par les sourdines que le sentiment
sait y mettre.

Paul du Plessis, bien qu'ayant écrit l'histoire des Boucaniers et les grands jours d'Au-
vergne, était loin de prévoir qu'il rencontrerait
nuitamment la cane perfide éclipsée du toit
conjugal et roucoulant, le long d'un ruisseau

serpentant dans le verger, avec un mauvais petit canard sans race et sans style.

Cette conversation espagnole au clair de lune était ignorée naturellement du canard époux, de l'époux trahi.

L'ami Paul se demanda quel serait le retour au logis de cette cane inconséquente, et il s'apprêtait à assister à quelque scène d'Othello, lorsqu'il retrouva, à son non moindre étonnement, l'infidèle, rentrée comme elle était sortie, c'est-à-dire sans éveiller son mari, et prodiguant à ce dernier ces grâces menteuses que....

Je m'arrête. Cette noirceur n'a point de corrélatif dans l'espèce humaine. Mes lecteurs en sont tous également convaincus.

Je mettrai en regard de ce trait, peu flatteur pour la loyauté de la cane, l'anecdote suivante destinée à servir de correctif.

« Une cane, dit le docteur Franklin, faisait bon ménage avec un canard, quand un accident la priva de son compagnon, et, à partir de ce moment, elle concentra toutes ses affections sur la femme du fermier. Partout où elle allait, la cane suivait; et cela de si près, que la femme n'avait qu'une crainte, c'était d'écraser l'oiseau sous ses pieds.

» Plus la cane avançait en âge, plus son affection semblait grandir. Assise au coin de l'âtre,
elle se chauffait près de sa maîtresse, et paraissait toute fière, toute joyeuse d'attirer son
attention...»

On a déclaré le canard sauvage impossible
à domestiquer. Cela supposerait que Dieu a
créé deux espèces de canards, l'une domestique et l'autre point. Ce serait une absurdité,
au point de vue de l'analogie. Les premiers
qui ont domestiqué des canards y ont mis la
patience et les soins nécessaires : voilà tout.
J'avoue que l'œuvre est difficile. Je connais
toutefois un homme qui y a réussi. Les belles
eaux poissonneuses et peuplées de palmipèdes
qui font aujourd'hui, du bois de Boulogne, un
site charmant, serviront à démontrer par
quelles voies le canard sauvage est le plus facilement conquis à la société de l'homme. On
assure que, d'année en année, plusieurs de
ces oiseaux, qui s'abattent en troupe sur le lac
du bois de Boulogne, renoncent à pousser plus
loin leurs pérégrinations lointaines, et qu'ils
grossissent, d'une façon définitive, ces flottes de
canards et de sarcelles privées qui viennent
manger le pain et la brioche des Parisiens en
promenade.

Il faut compter pour beaucoup, dans l'obsti-
nation des canards sauvages à faire bande à
part et à dérober leurs petits à la domestica-
tion, la guerre acharnée que leur déclarent,
pendant l'hiver, les chasseurs au marais.

Il en est de ces oiseaux comme de toutes
les bêtes du monde. Lorsqu'un groupe d'hommes débarque pour la première fois sur une
nouvelle terre, les animaux le voient sans terreur et s'approchent de lui volontiers. Les
nouveaux débarqués tirent alors sur ces pauvres innocents, et en deux ou trois décharges
la question est vidée dans le sens de l'incom-
patibilité d'humeur. L'aversion générale de la
nature vivante contre l'homme est tout entière
du fait de ce dernier.

XLVI

L E pigeon est ce personnage en gilet de soie changeante qui aborde toutes les dames le lorgnon dans l'œil, et qui les assiége de ses galanteries boursouflées.

Il ne connaît le repos, en matière de galanterie, que le temps de manger, de boire et de dormir.

On accuse lui et les siens de déprédations redoutables dans les champs nouvellement ensemencés.

Aux champs on prend acte du fait, pour tirer impitoyablement sur lui, et, dans beaucoup d'endroits, il faut renoncer à la famille roucoulante, une des gaietés de la vie

champêtre et une des ressources du garde-
manger.

Nous avons voulu savoir s'il est vrai que le
pigeon soit en somme une bête malfaisante.
Voici la vérité sur ce point : le pigeon ne commet aucun dégât dans les cultures, aussitôt
que les semences ont germé. Il suffit pour
mettre à néant, les déprédations qu'on lui reproche, de le tenir aux arrêts, dans la tour du
colombier, de trois à cinq semaines par an.

On ne peut parler du cœur des pigeons,
cœur fort tendre, sans faire mention de sa fidélité conjugale ; mais je crois qu'il faut rabat-
tre de ce que les poètes ont écrit sur la matière, reporter à la tourterelle sauvage la
moitié des éloges et conclure, en avouant que le
divorce est admis dans cette nation, ni plus ni
moins que dans la nation prussienne et les
trois quarts des nations du globe.

Mais la passion dominante de cet oiseau est
peut-être encore moins (comme dirait la phré-
nologie) *la philogéniture* que *l'habitativité*. Ces
mots inintelligibles pour plusieurs de mes lec-
trices, signifient, le premier, que le pigeon
tient à faire souche et à fonder des dynasties ;
le second, qu'il tient à choisir et à conserver
son domicile. Aussi, bien prend-il aux Parisiens,

depuis qu'ils ont métamorphosé leurs immeubles en meubles, et qu'ils déménagent sans trêve, pour cause d'augmentation de loyer ou d'expropriation, de n'avoir point de pigeonniers. Les pigeons ne prendraient point leur parti de ces déplacements réitérés et ils mettraient l'interdit sur la capitale. Il a fallu la stabilité exceptionnelle des arbres des Tuileries, pour décider les ramiers à y élire définitivement domicile.

J'ai habité dans ma première jeunesse une auberge badoise située au bord du Rhin, et dont le propriétaire s'était donné deux couples de pigeons natifs de Huningue. Il couvrit le pigeonnier d'un filet le temps voulu, dit-on, pour acclimater de nouveaux hôtes.

Néanmoins le patriotisme parlait si fort chez ces pigeons, qu'ils n'eurent pas recouvré depuis une heure la liberté d'aller et de venir, sans repartir à tire d'aile pour la France.

Mon badois retourna patiemment les chercher. Peine inutile. Huningue ne tarda pas à les revoir. Pour les rendre sédentaires, on n'imagina rien de mieux que de les manger.

Les livres spéciaux et quelquefois les feuilles publiques sont remplis de détails curieux sur la rapidité avec laquelle un pigeon dépaysé retourne chez lui, à quelque distance qu'on lui rende son libre arbitre. Chacun sait qu'on peut transporter, de Bruxelles à Paris, des bisets enfermés dans des cages obscures d'où ils ne peuvent rien voir au dehors, et qu'en peu d'heures, après avoir été lâchés à Paris, ils retournent tous ou presque tous à Bruxelles. Chacun sait cela ; mais personne n'a jamais proposé une explication de ce fait. Mon opinion personnelle, après avoir vu de quelle manière un pigeon, ainsi remis en liberté, monte presque verticalement dans l'atmosphère et *déguste* le vent à une certaine hauteur, en se dirigeant tour à tour vers chacun des points cardinaux, mon opinion personnelle, dis-je, est que, par exception, la sentimentalité n'a rien à y voir ; mais que, très au fait de la saveur particulière de l'atmosphère à laquelle il est habitué, le pigeon va au nord quand il en vient.

Mais, dira-t-on, il reconnaît son colombier comme l'hirondelle reconnaît son nid. Permettez : il le reconnaît souvent ; mais il arrive aussi qu'il se trompe.

Mettez au contraire un bracelet de drap à l'hirondelle de votre cheminée : elle ira visiter Alger, Laghouat ou Mostaganem, et, le printemps d'après, elle reviendra chez vous avec son bracelet distinctif, sans se tromper jamais de maison.

D'ailleurs l'hirondelle garde le souvenir de son point de départ alors même qu'elle s'en éloigne spontanément, tandis que le pigeon, transféré malgré lui, oubliera tout, si la translation se prolonge et que le nouveau gîte se trouve de son goût. Il n'y a donc point, entre ces deux instincts, de commune mesure.

J'insiste sur la faculté qu'aurait, selon moi, le pigeon, de *déguster* l'atmosphère, parce qu'il arrive à des troupes entières de pigeons de quitter tout à coup un pigeonnier bien bâti et garni de succulentes mangeoires, pour aller habiter quelque gîte moins bon en apparence, sans qu'il ait été possible d'expliquer pourquoi.

Quelque chose d'impalpable à l'homme, avec ses sens imparfaits, traçait alors aux pigeons leur conduite. On la mettait sur le compte d'un pur caprice. *Caprice* est un non-sens, quand il s'agit des animaux.

XLVII

Je donnerais à ce petit ouvrage des proportions qu'il ne comporte point, si je m'occupais en particulier des diverses espèces d'oiseaux qui remplissent nos campagnes et qui en égaient, de leurs ariettes, la paix somnifère.

Aussi veux-je me borner à intéresser, si je le puis, mes lecteurs en faveur de ceux que j'ai le plus intimement connus.

J'ai puisé dans leur commerce aimable, nonseulement bien des consolations, mais de plus l'horreur des supplices que les enfants leur font subir et des tueries qu'en font les hommes, sous différents prétextes, dont le plus stupide est que ces oiseaux ne sont bons à rien !

Le premier et le plus cher des élèves d'un zoophile de ma connaissance, a été *Quatre-Sous* (prononcez quat'sous). Sa biographie a fait le texte d'une nouvelle assez larmoyante, publiée, il y a quelques années, dans une revue, où je vous éviterai la peine d'aller la rechercher, en transcrivant ici ce qui y concernait plus spécialement cet oiseau cher à moi-même autant qu'à son maître.

Voici cette histoire :

UN PROFOND SCÉLÉRAT

Vous savez que B... ne passe point pour un homme sensible. Que vaut l'opinion? qui la fait? doit-on s'en préoccuper? grosses questions! je n'ai pas aujourd'hui le temps de les résoudre, et j'en reviens à B...

Devenu provincial, B... est mon voisin de campagne. Nous ne sommes éloignés l'un de l'autre, que d'un quart de lieue.

J'étais donc chez lui l'autre semaine. Nous allions et venions dans son jardin, moi humant l'air frais et parfumé de septembre; lui surveillant un journalier qui bêchait. B. paraissait

agité de quelque tourment, et il ne perdait
pas l'ouvrier de vue.

Tout à coup il lui dit :

— Voici un carré de six pieds que vous ne
bêcherez pas, là, près du mur de la cour. Vous
entendez?

— Faut donc y laisser croître les mauvaises
herbes, Monsieur !

— Bonnes ou mauvaises, oui. J'arrangerai
cela moi-même.

Le journalier fixa sur le maître de céans un
singulier regard. Puis (à révérence parler) il
cracha dans ses mains et se remit à labourer.

Il a couru sur B. une très-vilaine histoire.
Dans mon bourg l'opinion est fabriquée par
une tricoteuse qui n'a jamais pu se marier ni
apprendre à lire, quoiqu'elle ait souvent essayé.
Chaque matin, une aiguille dans le chignon et
un bas bleu à la main, elle va de porte en
porte, y jeter l'opinion toute faite. Sans y songer, je la ramasse quelquefois, et je finis par
m'y conformer à mon insu, au moins en scep-
tique.

Or douter de son ami, c'est le trahir. Si j'y
avais plus tôt pris garde, je n'aurais ac-
cueilli la calomnie sur B. que pour l'en venger.
La paresse explique tout et n'excuse rièn.

— Mon ami, dis-je à B., qu'y a-t-il donc de particulier dans ce coin de terre?

Il me regarda sévèrement et répliqua :

— C'est bien simple : j'ai assassiné quelqu'un, et je l'ai enterré là. Je ne me soucie pas que l'on aille *bêcher mon crime !*

— C'est sans doute par quelqu'imprudente boutade semblable à celle que vous venez de proférer, que vous aurez vous-même accrédité certain conte brun...

— Non, mon cher, je ne me suis pas donné cette peine; mais je n'ai trouvé personne qui prît celle de me demander tout bonnement ce qu'il en est.

— Ma foi, répliquai-je en riant et me sentant rougir, il y a des questions difficiles à poser.

— Difficiles, mais non impossibles, puisque vous venez de m'en faire une de cette nature-là!

Il était outré, puis il se calma presqu'instantanément avec cet empire qu'on lui connait sur lui-même, et sous sa tonnelle de chèvre-feuille, il me conta très-doucement ce qui suit :

— Vous savez que j'ai perdu presque tout ce qui restait de mon chétif patrimoine, en commanditant un inventeur. Si quelqu'un venait vous trouver et vous disait : J'ai découvert un procédé pour faire de la toile à voile avec des

fils de haricots verts, vous jetteriez cet homme-
là par la fenêtre, et vous auriez grandement
raison. Mais chacun a ses heures de démence
ou de niaiserie. Dans une de ces heures-là, je
fis ce que vous savez, et je me réveillai un
beau matin, poursuivi comme solidaire de mon
associé, qui venait de faire banqueroute. En ma
qualité d'ancien soldat, je me révolte là contre,
sans y rien comprendre. Je plie bagage, en
chargeant un mien ami d'éclaircir l'affaire, et
je m'arrête, malade de dépit, dans un village
que je traversais avec dix sous de reste dans
ma poche.

Par bonheur, la Providence me fit tomber
sous le toit d'un ancien compagnon d'armes,
un ex-cuirassier qui avait fait campagne en
Algérie en même temps que moi. Quand je fus
en convalescence, je me traînais devant la porte
de ce brave, rendu par Mars à Palès et adonné
à l'agriculture. Or tandis qu'il fauchait, je re-
gardais pourrir son fumier devant sa grange,
et j'écoutais ses poules glousser.

Je vis un matin un enfant tourmenter
un petit geai qu'il avait déniché dans la
forêt prochaine, et je lui offris vingt des
cinquante centimes composant mes fonds de
voyageur, à la condition qu'il me cédât son

esclave. Vingt centimes, c'était pour l'enfant
une fortune. Me voilà à la tête d'un geai de
huit jours à élever.

Je lui fis un nid d'un vieux foulard dans lequel je mis un peu de foin, et j'installai la
bestiole à mon chevet. Quand il ouvrait son bec
doublé de rouge, semblable à une fleur des
tropiques, et qu'il battait des ailes, je me sen-
tais ému de compassion pour le pauvre orphelin, je le bourrais du pain que le défaut d'appétit me faisait laisser sur mon assiette.

Mon omnivore aux ailes bleues et à la mous-
tache noire conçut pour moi une affection
réelle, fondée sur l'intérêt sans doute, mais
sans hypocrisie, et partant, sans mécompte. Il
m'aimait comme on peut aimer Dieu sur la
terre, je veux dire ; parce qu'Il est la source de
tout bien. Ma foi j'étais très-touché d'être le
Dieu de quelqu'un, et je ne m'avisais d'exi-
ger de mon adorateur emplumé ni l'*amour dé-
sintéressé*, ni *l'absorption*, ni la *désappropriation
du moi*. Les extatiques et les fakirs n'ont pourtant, peut-être, jamais donné au Créateur
d'aussi agréables loisirs, que ceux que je tenais
de mon petit geai, appelé *Quatre-Sous* ! (prononcez QUAT'SOUS).

Mes soins étaient partagés par une petite

fille dont l'histoire ne le cédait pas, en tristesse, à celle de l'orphelin de la forêt. Quat'sous pouvait songer en effet, si tant est que les bêtes raisonnent d'aussi loin, que ses père et mère vivaient encore heureux et libres en *cageolant* dans les chênes; mais la petite avait été recueillie sanglante, sur les débris fumants du douar où son père et sa mère étaient morts sous nos coups. C'était une orpheline arabe, transplantée en Alsace, par mon hôte, ce brave cuirassier occupé pour lors à faucher. L'adoption de l'enfant par le soldat avait été comptée à celui-ci pour action d'éclat et mise à l'ordre du jour du régiment.

A cela près que Zanette (c'était le nom de l'enfant), était un peu mauricaude, elle était jolie, et elle rappelait même un peu, avec ses grands yeux noirs et son nez ciselé, Catherine Mignard, cette belle comtesse de Feuquières dont le rival de Lebrun nous a conservé les traits. Inutile de dire que je ne m'amusai point, à trente ans passés, à devenir amoureux d'une petite fille de dix ans; mais j'ai toujours eu bonne opinion des gens qui sont pitoyables pour les bêtes, et, comme la femme du cuirassier était maussade avec la petite, et qu'il y avait une sympathie de conformité entre l'oiseau et l'enfant sans mères, je m'habituai à ne pas séparer dans ma pensée ce que Dieu avait si visiblement uni.

Je n'ai jamais compris au juste quelle est la maladie de ceux qui refusent le sentiment aux animaux et qui veulent voir en eux des automates. L'étude de la nature serait la ruine de bien des systèmes, pour peu que l'on s'y adonnât en simplicité de cœur.

Mon *automate* Quat'sous courait après moi comme un marmot, et, lorsqu'indigné de ses petits méfaits (les oiseaux, qui se donnent, au nid, tant de peine pour le conserver propre, n'ont aucun égard pour les parquets et pour les meubles), je le mettais dehors en grondant et que je refermais brusquement porte ou fenêtre, Quat'sous se livrait, sur les branches voisines, aux plus jolies gambades, faisait la crête, donnait de ces coups de queue qui ressemblent aux pirouettes de nos pères sur les promenades de haut ton, une brette en verrouil au côté. Puis il me regardait à travers les vitres, comme pour s'assurer si je riais et si j'étais désarmé. Zanette l'était toujours la première, et entrebaillait doucement la croisée. Alors il arrivait à tire-d'ailes, et, faisant usage de son bec comme d'un compas, il augmentait l'ouverture, jusqu'à ce qu'elle permit à sa petite personne de se réintroduire, et de venir arracher brin à brin les franges de mon tapis de lit, d'un air narquois.

Que si vous me demandez comment un homme fait s'attache à un oiseau qu'il a élevé, je vous demanderai comment il arrive que des hommes mûrs et graves gâtent pitoyablement leurs enfants. Ils en attendent plus, direz-vous! Eh, mon cher, ils n'auront, de plus, que le plaisir d'être un peu ruinés et fort tourmentés par eux, jusqu'au jour où ces vauriens se permettront de les traiter de ganaches!... L'avantage demeure aux chiens et aux oiseaux.

L'oisiveté forcée me fit étudier par le menu le caractère de mon petit camarade. Ce geai ressemblait, à coup sûr, à tous ceux de son âge et de son espèce; mais les naturalistes en sont certainement encore aux éléments, quand ils croient connaître les mœurs des oiseaux pour en avoir disséqué et empaillé quelques douzaines. Non seulement l'humeur et les allures de Quat'sous variaient selon le temps; mais encore elles se conformaient de plus en plus à mes propres sentiments et à ma manière d'être. Quand il faisait grand vent, il semblait enivré de désirs impétueux analogues à ce trouble

passager de l'atmosphère. Il ouvrait les ailes
comme pour s'élever verticalement vers les
nuages, et il demeurait ainsi, la tête rejetée en
arrière, les jarrets pliés. On eut dit la sibylle
sous l'étreinte du dieu des oracles. Quand un
soleil ardent faisait vibrer, sur la crête des herbes,
l'atmosphère embaumée et immobile, à demi-
couché sur le sable, la crête épanouie, une
aile ouverte et étendue comme une courtine,
l'autre ployée sous lui comme un oreiller, le
petit Quat'sous semblait recueillir les rayons
du ciel par tous les pores et faire provision de
chaleur pour les nuits d'hiver.

Mais tout cela n'était rien en comparaison
de la mélancolie dans laquelle il se blottissait,
quand j'avais reçu des lettres fâcheuses ou de
mauvaises nouvelles. Zanette me semblait, ces
jours-là, beaucoup plus étourdie, beaucoup
moins intelligente que ce pauvre oiseau. Lui,
accroupi, vis-à-vis de moi, semblait chercher
dans ma physionomie le secret de ma tristesse.
Puis, si je paraissais revenir de mes distractions
et faire de nouveau attention à lui, il s'appro-
chait davantage ; il venait becqueter ma manche
ou mes pantoufles. Cent fois j'ai été sur le
point de croire à la métempsycose, et d'inter-
peller l'ami inconnu dont l'âme s'abritait, en

silence, dans le corps et derrière les yeux brillants et expressifs de mon aimable branchier.

Je ne connus bien l'affection dont j'étais atteint pour Quat'sous, que le jour où, surpris par un chat, pendant la mue, au milieu d'un champ de betteraves qui bordait la maison, il poussa vers moi, son protecteur naturel, un cri déchirant dont je ne croyais pas capable un corps aussi frêle et aussi petit. Je m'élançai; le chat reçut en fuyant, une pierre dans les reins. Je doute qu'il ait porté bien loin sa contusion et sa malice. Quat'sous en fut quitte pour une égratignure; mais, depuis lors, il n'a plus voulu me perdre de vue. Quand je sortais, il commençait à se plaindre à haute voix de mon abandon; il mordait, il faisait le *diable*. Quand je rentrais, il volait à ma rencontre.

A part moi, personne ne pouvait le toucher que Zanette, mais il l'aimait certainement un peu moins que moi.

J'arrive, pour ne pas vous ennuyer, à une métamorphose nouvelle de mon existence.

Le procès terminé, je me trouvai en mesure de reparaître, innocenté des peccadilles de mon damné fripon d'inventeur, et ayant réalisé l'argent nécessaire pour m'acquitter envers

mon hôte, le soldat-laboureur, des frais que
ma maladie et mon long séjour lui avaient
causés.

Quoique peu fortuné, mon cuirassier ne
voulait rien recevoir. D'un autre côté, et sans
qu'il me fût possible d'en découvrir exacte-
ment la cause, la ménagère battait beaucoup
Zanette depuis quelque temps. C'était des
bousculades et des pénitences sans fin à propos
de tout et à propos de rien. L'enfant venait
pleurer chez moi, et vingt fois je dus me tenir
à quatre pour ne pas gourmander cette marâ-
tre, et lui infliger, à mon tour, quelque chose
des mauvais traitements dont elle accablait la
petite orpheline.

J'en parlais, avec la franchise militaire, à
l'ancien cuirassier; mais, avec la faiblesse des
paysans à l'endroit des questions d'argent, il
m'objectait que, de sa femme, lui était venu son
peu de bien. L'ancien moustachu de Mazagran
filait doux devant les cotillons d'une mégère.
Je m'indignais plus fort, et il s'en allait en
secouant la tête.

Le jour de mon départ arrivé, l'oiseau et
l'enfant me frappèrent la vue. Je venais de redire à mon hôte que je voulais m'acquitter envers lui, et il était allé se disputer avec sa

femme ; car il prétendait m'avoir logé, nourri et soigné pour l'amour de Dieu, et, d'un autre côté, il redoutait la mauvaise humeur de sa moitié ou du *capitaine*, comme il l'appelait.

J'attendais donc l'issue de ce pourparler désagréable tenu dans une pièce voisine, et je regardai Quat'sous et Zanette. La petite, d'une main, essuyait furtivement ses pleurs, et, de l'autre, offrait à Quat'sous des framboises qu'elle venait de cueillir dans la haie à son intention.

Je me demandai ce que je pouvais pour cette pauvre enfant, et, faute de mieux, je lui fis mentalement le sacrifice de mon geai.

— « En auras-tu bien soin, lui dis-je, quand je n'y serai plus ?

— Vous ne l'emportez pas ? fit vivement la jeune fille.

— Je te le donne.

Elle rêva un moment et dit :

— Ça ne se peut pas, Monsieur. Vous ne seriez pas plus tôt parti, que le *capitaine* tuerait Quat'sous pour le manger.

Cet argument me parut foudroyant.

— Eh bien, répartis-je, comment donc faire ? Je voudrais te le laisser et qu'il vécut !..

— Combien vous a-t-il coûté ? demanda timi-

dement Zanette, dont les groseilles étaient tout
humides de ses pleurs coulant de plus belle.

— Vingt centimes, tu le sais bien !

— Et moi, reprit l'enfant que les sanglots
étouffaient, si vous vouliez m'acheter aussi, je
serais bien obéissante, bien gentille, presque
autant que votre petit Quat'sous,... et je conti-
nuerais à le soigner... Le *capitaine* me ven-
drait bien à vous, et pas cher, allez; car *elle*
me déteste !...

Me voilà, pour avoir compâti aux misères
d'un geai, en demeure d'acheter une petite
fille, et de me charger du sort de l'un et de
l'autre, sous peine de faire deux malheureux.

C'était un mauvais pas, et, pour en sortir,
je ne savais trop comment faire, lorsque le
cuirassier et son capitaine firent dans ma
chambre, au milieu de mes malles, une irrup-
tion présageant un parti pris.

— Monsieur, dit hypocritement le *capitaine*,
ni mon mari ni moi ne voulons rien recevoir
de vous. C'est nous qui vous aurons la plus
grande obligation, si vous voulez bien accepter
le petit cadeau que nous voulons vous faire.

Je ne comprenais rien à ce galimatias, et je
cherchais dans la physionomie de l'ancien soldat le mot de l'énigme.

Le cuirassier était morne et demeurait les yeux baissés.

— C'est le monde renversé, Madame, fis-je à la paysanne, de l'air le plus gracieux que je pus trouver. De toutes façons, c'est moi qui suis votre obligé, et je ne puis accepter de vous rien de plus si, de votre côté, vous ne consentez à rien prendre.

— Parbleu, fit le cuirassier en m'interrompant, attendez de savoir, pour faire des compliments. Ce que ma femme veut vous offrir... Enfin, enfin, qu'elle s'explique elle-même, et, si vous dites non,... je m'en... lave les mains!... Ma foi, c'est tout au plus si...

Je reportai mon attention vers le *capitaine*.

— Monsieur, reprit-elle avec effronterie, en caressant, pour la première fois de sa vie sans doute, les cheveux noirs de l'orpheline, vous paraissez vous être attaché à cette petite fille. Elle pourra vous servir de domestique sans que vous lui donniez de gages, puisque c'est une... pas grand'chose, une arabe, quoi!... Enfin,... la voulez-vous? ça ne vous coûtera que la nourriture, et vous aurez là quelqu'un... à la vie et à la mort; car ça vous est déjà attaché comme un chien.

En écoutant cette proposition, je dévisageai

10.

la mégère; mais elle ne changea point de couleur.

— Ce n'est pas que la petite m'embarrasse, au moins, ajouta le soldat. Je la garde volontiers; mais... c'est ma femme qui... est jalouse d'elle... Ma foi, tant pis : le grand mot est lâché !

Je serrai la main du paysan avec sympathie, et pensant, à part moi, qu'un homme qui avait compromis son bien pour une sottise de fil de haricots, n'avait pas le droit de lésiner sur une bonne action, je dis brusquement à Zanette :

— Petite, tu ne feras qu'une malle de tes effets et de ceux de Quat'sous. En avant, marche!

Zanette fit comme la jeune fille du poète que vous savez. Elle fut triste de quitter son père adoptif; elle fut heureuse de me suivre. *Elle sortit avec une larme et rentra avec un sourire !*...

Quat'sous, un peu troublé par le changement, mais rassuré par notre présence et par des friandises de son choix, fit le voyage dans la poche du tablier de Zanette.....

J'arrive au dernier chapitre de mon histoire :

Je vis à la campagne, je plante mes choux, une petite fille me les fait cuire, et le fait assez mal. Que voulez-vous ? Zanette n'a pas la bosse de Vatel! Installé ici avec elle et Quat'sous, je croyais mériter l'oubli. On a pourtant équivoqué sur mon genre de vie, sur la nature de mes ressources... sur tout...

O triomphe de l'imagination dès provinciaux exaspérée par l'ennui!

Un soir d'hiver on m'a vu, escorté de Zanette, qui portait une petite lanterne, écarter avec une bêche la neige qui couvrait cette plate-bande, puis y pratiquer un trou de quelque profondeur, puis y déposer un paquet, et ramener dessus la terre et la neige!... Eh bien, vous ne frémissez pas?... Ne me voyez-vous point allié à quelque bande de brigands? La forêt n'est pas loin!..

Ici B. me considéra des pieds à la tête. Il essaya de rire; mais ce fut une larme qui vint à son appel et qui roula sur sa joue sans qu'il pût la retenir au passage.....

— Vous voyez, reprit-il, je ris très-mal; mais, dans un instant, vous vous en acquitterez pour deux, et le mieux du monde.

Je ne sais au juste pourquoi, à compter du jour où le *lasciate ogni speranza* d'Alighieri eût été prononcé par le destin sur ma tête, par une coïncidence que de moins superstitieux que moi eussent remarqué, Quat'sous tomba malade.

Ses plumes se cassaient, ne repoussaient plus. Son œil était moins vif, son appétit capricieux. Il aimait les mouches, et j'aurais donné cent sous pour en avoir un cornet; mais les pluies de novembre y avaient mis bon ordre. Il ne faut pas compter sur les vermisseaux, quand les hirondelles sont parties. Les ailes du pauvre geai, dépouillées par une mûe hors de temps, ne le soutenaient plus; il trébuchait à tout moment, en voulant passer d'un meuble à l'autre. L'aspect de la nature en deuil lui faisait peur, au point que le voisinage d'une fenêtre le mettait en fuite. Il cherchait l'ombre, et quand, fidèle à ses habitudes premières, il se baignait encore, il se cachait dans les cendres du foyer sans parvenir à sécher ses plumes.

Il devint de plus en plus sédentaire; il dormait au milieu du jour la tête sous l'aile. Le reste du temps, il demeurait sur ma table à écrire, cherchant à s'amuser des fétus de bois qu'il en arrachait; mais le fond de son âme était triste et découragé. Il me ressemblait!.....

Un jour, il s'installa dès le matin en face de moi, et il y passa toute la journée, ne cageolant plus, comme il l'avait toujours fait au moindre rayon de soleil perçant les nuages gris, et ses yeux demeurèrent constamment attachés sur les miens.

Comme je ne faisais de feu que dans une pièce par économie, le ménage terminé, Zanette vint, suivant son habitude, tricotter dans ma chambre; mais tout en répondant par quelques signes affectueux aux menus propos qu'elle lui adressait de temps en temps, Quat'sous ne quitta point son poste.

Tout à coup vers la nuit, il parut faire sur lui-même un effort, et sauta dans une cage d'osier que je lui avais donnée depuis peu pour chambre à coucher. A travers les barreaux, je vis encore son grand œil bleu tourné vers moi, Puis la nuit vint; je m'éloignai.....

Le lendemain matin, Zanette en ouvrant les volets, jeta un coup d'œil à la cage et poussa un cri.

— Qu'y a-t-il? dis-je vivement, en me redressant sur mon oreiller, où je sommeillais encore.

— Ah, Monsieur, Quat'sous est bien malade, car *il ne perche pas?*

Je ne fis qu'un bond jusqu'à la cage, et je recueillis dans mes mains Quat'sous les pattes raides et le corps presque froid.

Puis, tandis que je tâchais de le réchauffer,

de mon haleine, que je l'enveloppais de ouate,
et que Zanette m'apportait du vin pour lui en
souffler sous les ailes et allumait précipitam-
ment du feu, Quat'sous rouvrit les yeux, me
regarda encore une fois ; puis sa tête se pen-
cha, sa double paupière d'oiseau couvrit sa
prunelle. Mon ami n'existait plus !.....

Je demeurai muet en face de ce nouveau revers ; Zanette pleurait à chaudes larmes, et je
ne trouvai rien à lui dire pour la consoler :
j'avais moi-même besoin de consolateur. Enfin
je roulai mon pauvre oiseau dans le foulard
qui lui avait servi de berceau, et je me demandai sérieusement si c'était bien fini. Je ne
le croyais pas encore, et plusieurs fois, ce
triste jour-là, je retournai voir si Quat'sous
n'avait pas bougé.

Quand il fut bien avéré pour moi que le mal
était sans remède, je songeai à soustraire la
dépouille de mon compagnon d'épreuves, à la
griffe des chats, ses ennemis d'autrefois, qui
n'eussent pas manqué de le dépecer gaiement
après sa mort. Je fis une fosse, je l'y portai le
soir, et de nuit, pour que le ridicule ne vint pas
troubler une cérémonie pareille !...

Mon ami, je veux croire, pour tout ce qui
vit, à l'immortalité !.....

Il y eut une pause.

Puis B. se moucha bruyamment et me dit :

— Vous me connaissiez pour un bourru. C'est une nouvelle face de mon caractère que je viens, involontairement, de vous révéler. N'en abusez pas, je vous prie !... Maintenant, le fait une fois admis, comprenez-vous que j'aie écarté de ce coin de terre la bêche de ce journalier ?

— Cent fois oui, mon cher B. Et même, si vous voulez le permettre, vous avez creusé une fosse à votre geai : moi, je veux essayer de lui élever un tombeau.

Et voilà pourquoi j'ai consigné ici cette petite histoire. Mais il ne faut la lire qu'aux gens de bien !...

XLVIII

Il y a dans mes souvenirs personnels beaucoup de bruants et de verdiers, tous aimables, tous familiers, tous grands chanteurs. S'il est cruel de tenir les oiseaux dans des cages étroites et mal tenues et dans des chambres sans soleil et peu aérées, il ne l'est pas moins de leur donner inopinément la liberté, après un certain temps d'esclavage. Le guide le plus sûr, pour rendre les oiseaux heureux et bien portants, consiste dans l'étude de leurs besoins, qui varient à l'infini suivant l'éducation première que leur ont donnée les hommes ou la nature. Mais, quand on a trouvé *ce qui leur plaît*, chose que révèlent leur gaieté et la beauté de leur plumage, ils s'attachent si fort à ce bien-être, que la liberté leur semble un exil.

J'en ai fait tout récemment l'épreuve avec deux verdiers qui, durant le froid hiver de 1859 à 1860, étaient venus demander asile dans ma volière.

L'été suivant, n'ayant point d'installation convenable à leur offrir pour le couvage, et les voyant fort agités et fort mécontents, je leur ouvris la porte et la fenêtre. Au premier abord ils se jouèrent dans les arbres du jardin, avec un entrain qui me donna pour eux bon espoir. Quelques heures se passèrent, et je ne songeais déjà plus à eux, lorsque deux voyageurs affamés vinrent solliciter, à coups de bec, l'honneur de la table d'hôte que je tiens à l'intention des oiseaux fugitifs et incompris. C'étaient mes deux verdiers. A peine la fenêtre était-elle ouverte, qu'ils rentrèrent à tire-d'aile. C'est qu'il en est des oiseaux comme des chevaux. Le ratelier et l'abreuvoir, en un mot le *couvert mis* devient pour eux un premier besoin et une seconde nature.

D'une couvée de cinq verdiers à laquelle j'ai prodigué mes soins, au bout de six ans il ne me reste plus qu'un mâle. Cet oiseau est d'une forte complexion qu'il doit à ce que j'ai, d'année en année, toujours agrandi sa demeure. Aussi ces ailes sont-elles robustes, et son vol est franc comme celui d'un oiseau sauvage. Cela ne l'empêche point de venir sur ma main, chaque fois que je lui offre un peu de sucre, et d'être aussi familier qu'une poule de basse-cour.

Le sort des autres a été abrégé par diverses maladies et plusieurs accidents ; mais sur cinq verdiers, combien, au bout de six ans, en survit-il dans l'état de nature ?

La première année, deux sont pris au piége, et les deux ou trois autres meurent, avant la troisième année, dans les serres d'un épervier ou par le plomb des chasseurs.

J'ai pu étudier à fond le caractère du verdier dans l'individu que je vous cite, parce qu'il unit exceptionnellement les allures de l'oiseau sauvage aux habitudes de l'oiseau domestique.

Les verdiers ont reçu de la nature un plumage dont les nuances se confondent parfaitement avec les feuilles du peuplier, leur juchoir de prédilection. C'est dans cet arbre qu'ils font leur nid, et c'est au balancement de son panache mobile, qu'ils marient une note aiguë et prolongée, sorte d'appel entre verdiers auquel les autres verdiers du voisinage ne manquent jamais de répondre.

C'est un cri d'extase, autant qu'un cri de joie proprement dit; car il est poussé par l'oiseau immobile, la tête renversée en arrière comme s'il considérait le ciel, et sans ces démonstrations de gaieté qui accompagnent le cri habituel des autres oiseaux. Pour les hommes que la méditation jointe à l'observation a rendus familiers avec les harmonies de la nature, le cri périodique du verdier, poussé par les plus grands vents et les journées pluvieuses, est comme la voix du peuplier même, voix perçante, lointaine, quelque chose de strident comme la tempête et de vaillant comme l'arbre qui plie, mais qui résiste.

Le chant proprement dit du verdier a son cri pour prélude; mais il y ajoute deux phrases charmantes où éclate la fervente sensibilité de son cœur. Ce chant est réservé aux journées de soleil et, surtout, à la saison des amours. Vrai poète, le verdier rêve, et sa nature est tellement éthérée qu'il semble trouver toute sa satisfaction à redire son petit poème à sa femelle, dans le temps même où les apprêts du nid devraient lui inspirer d'autres soins.

Il est d'une jalousie extrême et d'une fidélité proportionnée à sa jalousie. C'est ce qui le rend intraitable dans une volière où se trouvent plusieurs autres verdiers. Le mien s'est attaché fortement à une serine maladive, rebutée par les oiseaux de son espèce. Cette pauvre serine passait une partie de sa vie à dormir la tête sous l'aile. Son ami la réveillait pour lui donner à manger. Il l'a entourée des soins les plus paternels durant deux années, et il est resté ensuite près d'un an sous le deuil, sans vouloir entendre parler de mariage. A l'heure où j'écris, il vient de se décider pourtant en faveur d'une femelle de son espèce ; mais il l'a battue et rebutée longtemps avant de lui offrir son cœur. Il ne lui pardonnait point de ne pas être la serine qu'il avait perdue. Par malheur pour lui, il est tombé sur une épouse mal douée, fantasque et incapable de mener à bien une couvée : il s'en console facilement, en chantant sa plus belle chanson à cette écervelée, qui, je le crains, la comprend à peine.

Du temps de sa première femme, mon verdier avait été sur le point de devenir père de famille. Deux œufs allaient éclore, à ma grande satisfaction de naturaliste, curieux de posséder des métis aussi rares ; lorsqu'un affreux orage a fait tomber la cage avec le clou qui lui servait de support ; et j'ai trouvé le lendemain, dans le sable, les embryons de cette couvée dont j'avais compté un moment posséder vivants les résultats.

Mon verdier entre dans sa septième année, et il ne donne aucun signe de vieillesse. Il est du nombre des oiseaux heureux en cage, qui mourraient demain s'ils étaient bannis de la maison et de la société des hommes.

Mais un verdier pris au filet, surtout la seconde année de son âge, s'acclimate difficilement, et il est du nombre des oiseaux en faveur desquels je sollicite la liberté pleine et entière. Inutile d'ajouter que, bien que purement granivore, le verdier ne commet aucun dégât dans nos cultures. L'hiver, il vole par troupes mélangées de bruants et de pinsons, et il vient humblement ramasser sur nos seuils, balayés de neige, et même dans les rez-de-chaussée ouverts, les moindres miettes de nos repas.

Je conseille aux personne qui voudraient jouir de sa société, de sauver des mains des enfants, cruels dénicheurs d'oiseaux, un ou deux de ces volatiles et de les élever à la chapelure de pain trempée dans du lait bouilli bien frais. En avançant dans cette éducation, il faut joindre au potage un peu de chenevis écrasé. Si la *plique* se déclarait, maladie fréquente chez les jeunes verdiers et les jeunes pinsons, l'échaudé

émietté et un peu de sucre feraient merveille. Enfin le sable fin, le grès blanc, ou, à leur défaut,
une poignée de bonne terre sèche, leur offrent
un dessert favorable à leur digestion. Ils vont
grignotant d'invisibles fétus dans cette poussière. Le bain leur est indispensable, ainsi que
le mouron, mais seulement deux fois par
semaine.

A ces conditions on se crée, dans son intérieur,
de bons ténors et de bons amis, d'autant plus
familiers que le sucre est réservé pour les
sorties dans la chambre et qu'on le garde sur
la table, pour obliger les gourmands à y venir.
Si vos élèves s'évadent par la fenêtre, n'ayez
souci : ils reviendront ; ou s'ils sont mauvais
voiliers, étant en mue ou trop jeunes, ils vous
appelleront bientôt, tant et si fort, qu'à moins
d'avoir un cœur de pierre, vous irez vite les
chercher.

Cela dit, je passe au tarin, qui est, avec le
chardonneret, l'idéal des oiseaux de cage.

Car il faut se garder de croire que tous les
oisillons de nos vergers soient également propres
en ce genre de vie en commun avec nous. Il
en est qui ne veulent nous aimer et nous charmer
de leurs chansons que de loin ! La cage est une
prison aussi dure pour l'allouette que pour

l'hirondelle. Mais elle est un bon gîte pour le chardonneret et pour le tarin.

Le tarin est d'humeur profondément gaie, espiègle. Il a en tout et partout le mot pour rire. A peine est-il coffré, qu'il se met en quête de la buvette et de la mangeoire. Dès les premiers moments, il chante ou plutôt il pousse cette exclamation de deux notes, une grave et une haute, qui signifie, à n'en pas douter : — Eh bien, eh bien, il n'y a rien de perdu ! Y a-t-il seulement d'autres tarins ici?...

Je dis *tarins* et point *tarines*. Le tarin n'exige pas que son compagnon soit une dame. Et, comme la dame vit moins volontiers en cage que le monsieur, c'est un ami qu'il convient de donner à cet oiseau, plutôt qu'une maîtresse.

Au bout de huit jours, deux tarins s'aiment à ne pouvoir se passer l'un de l'autre. On les voit percher côte à côte, sur le même bâton, et se donner mutuellement à manger. C'est à ce signe que l'on reconnaît le plus généralement que la paix est faite entre convives ailés. Ils suivent en cela les traditions de l'hospitalité antique : ils se passent la coupe, en signe de *tutoiement* définitif.

Le tarin a un autre mérite : il est plus petit que la plupart des oiseaux de nos volières, et, pour ce motif, il éveille moins la jalousie des anciens hôtes qu'un oiseau plus gros et présumé plus gourmand. Enfin sa taille même et sa vivacité lui permettent de se soustraire facilement aux poursuites dont il pourrait être l'objet.

À son cri, assez bien traduit par les syllabes *queuli*, *queuli*, qu'il va jetant à tout bout de *juchée*, il joint, dès qu'il fait un peu de soleil et en toute saison, un ramage tellement gai et délicieux, que certains amateurs le mettent fort au-dessus du chant des serins. Je suis de leur avis. Le coup de gosier du tarin est plus fin et traduit des lazzis dont l'intarissable gaieté rend comparativement moins aimable cet air de flûte, ou plutôt de fifre, dont le musicien en robe de velours d'Utrecht citron nous crève à la journée le tympan.

Le plumage du tarin est jaspé de noir et de cette nuance exquise appelée vert olive, et dont les teinturiers de l'Orient ont jusqu'ici gardé le monopole. La calotte du mâle est beaucoup plus foncée que celle de la femelle, d'un gris un peu ardoisé. Les vignobles de la Moselle sont visités par les tarins en grandes bandes. C'est là qu'on les prend par milliers. Le mal qu'ils font aux vignes n'est vraiment pas appréciable ; mais la cause de la chasse impi-

toyable qu'on leur fait, est notre friandise,
qui proclame le tarin rôti — un manger de
rois.

A la longue et surtout dans les cages res-
treintes et exposées à des courants d'air froid,
le tarin devient poitrinaire. Les miens ont tous
fini de cette triste façon, atteignant toutefois,
dans mon logis, un âge beaucoup plus avancé
que dans l'état de la nature, où mille piéges
leur sont tendus. Leur étourderie est exploitée
par tous leurs ennemis, oiseaux de proie et
hommes. Je soupçonne la pie-grièche de mettre
à nu la cervelle, éventée déjà, d'une foule de
tarins.

Comme le chardonneret, le tarin apprend
facilement à tirer du puits son eau lui-même ;
mais il faut l'enchaîner dans ce but, et j'ai
horreur des chaînes, même pour les chiens de
basse-cour. A mon avis, l'homme a le droit de
restreindre le vol de certains oiseaux à une
bonne et grande volière, à la condition de leur
créer un printemps factice et perpétuel ; point
de gêner leurs mouvements, ce qui abrége et
empoisonne leur gentille existence.

Moins espiègle et moins ami du *rien du tout*
que le tarin, le chardonneret est un reclus
fort gai, surtout s'il se trouve en compagnie

11

d'une chardonnerette et s'il a un atelier de
menuiserie, un tour à tourner ou quelqu'établi
d'artisan ; car il est naturellement laborieux.
Une petite roue à palettes, comme les roues
hydrauliques, est pour lui une source de jouissances si vives, qu'elle suffit pour le détermi-
ner à chanter sans soleil et en plein hiver. Il
monte sur les palettes, pour faire tourner la
roue, et s'étudie à s'y cramponner de façon à
décrire un tour entier sans perdre l'équilibre.
Puis il visite les joints de cette roue, cherche
à les détraquer, ronge l'essieu, mordille le
moyeu, remonte ensuite sur les palettes ; et il
fait tant et si bien, qu'au bout de quelques -os
maines, comme un enfant d'homme, il a disséqué entièrement son jouet.

Il chante alors, sur ces débris, un chant de
victoire ; et il n'en faut pas moins se hâter de
rétablir la roue, pour lui rendre une occupa-
tion de son choix.

J'avais ajusté à une de ces roues un petit martinet de forge, qui frappait sur une petite enclume toutes les fois que la roue donnait un tour.
Six chardonnerets ont fait jouer la bascule et
employé trois mois, à raison de dix heures par
jour, pour la démonter.

Mais j'ai tardé de quelques jours à réparer

l'engin, et mes six travailleurs étaient inconsolables.

Le chardonneret a un cri qui signifie, pour les experts en langue chardonnerette :

— Eh, bonjour donc !

Et un chant très-varié, très-riche en modulations, qui se coupe facilement de quelques phrases du chant des canaris, quand ces oiseaux sont à portée de s'entendre.

La femelle module presque aussi bien que le mâle.

Le cœur des chardonnerets est si tendre, qu'ils meurent d'une amitié trompée comme d'un amour trahi. Je lisais dernièrement la jolie lettre suivante :

« Ma chère Ernestine,

» Ma chambrette a tout perdu, non que le feu y ait passé ; mais elle n'en vaut guère mieux. On s'assure contre l'incendie ; mais point contre la perte de ses amis, surtout quand on n'en a que deux et qu'ils nous faussent compagnie tous deux à la fois !

» L'autre jour je m'occupais de faire le ménage de mon serin et de mon chardonneret, et j'avais compté sans la stupide ingratitude du premier, qui, durant le temps nécessaire pour vider sa baignoire, a pris la porte de sa maisonnette, sans égard pour ma manche qui lui en bouchait *moralement* l'issue. Ma fenêtre était entr'ouverte, et cet imbécile a pris la fenêtre comme il avait pris la porte, sans songer qu'il y a peu de millet sur les toits parisiens, surtout quand ils sont couverts de givre.

» Je l'avoue, je n'avais jamais fait grand fond sur le cœur ni sur l'intelligence de mon serin. Ces oiseaux sont, depuis tant de générations, exempts des tracas de la vie réelle, qu'ils arrivent à croire que les gouttières sont des mangeoires dont les chats ont mission de souffler la poussière et les pulpes, et où la fumée des cheminées entretient une température de serre.

» Bref, je lui ai donné une larme qu'il ne méritait guère, et je m'apprêtais à resserrer encore les liens qui m'attachent à *Grisélidis* (mon chardonneret), lorsque je me suis aperçu qu'il était inquiet, triste et qu'il ne mangeait pas.

» C'est que là battait le cœur d'or, le vrai cœur ; et Alphonse Karr a bien raison de dire que, de deux amis, il n'y en a qu'un qui aime ! Grisélidis est devenu malade, à force de tris-

tesse, depuis le départ de *Citron*; et, après avoir
dormi et rêvassé en boule, durant quelques
jours, à l'infidèle qui ne revenait point, il est
mort. Je l'ai trouvé mort, ce matin, en m'ha-
billant, et je lui ai donné, en pleurant beaucoup cette fois, ma caisse de rosiers pour sépulture.

» Juge de mon deuil ! Je crois que je n'aurai plus jamais d'oiseaux. Les uns seraient insensibles à toutes mes caresses, et les autres,
à force de sensibilité, pourraient partager le
sort de Grisélidis ! Il y a par le monde assez
d'ingrats et assez de malheureux !...»

J'ai élevé bien des chardonnerets. J'en ai,
pour mon honneur, sauvé un plus grand nombre, des mains des Philistins ! Peut-on souffrir
que, devant vous, des enfants torturent de petits oiseaux ? Avez-vous songé quelquefois que,
s'il existait encore des géants, il se pourrait
que nos enfants à nous, arrachés par ruse ou
par force des bras de leur nourrice, devinssent
ainsi des *jouets saignants* pour de mauvais
drôles de dix ans et de seize pieds quatre
pouces ?

Et comment Dieu, qui est si bon, peut-il
permettre que l'innocence devienne ainsi la proie
et le jouet de la malice? Mais, si nous igno-

rons, et si les plus sages ignorent, la raison de cette iniquité apparente, redressons-la suivant nos moyens; ne manquons jamais l'occasion de racheter ces pauvres prisonniers moyennant un sou ou deux, et nous sommes sûrs que ce petit argent sera prêté à Dieu, et qu'il nous le rendra, au moins, sous formes de chants et de caresses de la part de nos affranchis, si ces bonnes œuvres, trop minimes, n'ont pas la vertu de nous ouvrir le paradis d'un autre *racheteur d'esclaves*, de saint Vincent de Paul.

Faisons le bien, même en petit, et nous nous éveillerons gais comme pinsons!

Locution vicieuse! Encore un proverbe à réformer! Le pinson est justement un compère assez soucieux, hormis les jours d'ivresse printanière où il chante plus de cent fois par heure cette ritournelle qui signifie en langue pinsonne:

— Le monde n'a pas vieilli. Le soleil d'avril est toujours radieux, et les pinsons sont toujours là!...

Le pinson est soucieux, et il n'aime pas la cage. Aussi est-il malaisé de l'y rendre heureux. Le plus sûr moyen et le seul qui m'ait réussi complétement, consiste à lui donner toute une chambre au soleil, pour habitation d'été et d'hiver, et de poudrer partout le carreau de cette pièce avec de beau sable fin. Une baignoire au milieu. Dans la saison des nuées de mouches, il les gobe en les prenant au vol, et puis il va se baigner comme un canard, sans aucun risque de se troubler la digestion.

Il est scabreux d'élever le pinson. Il vaut mieux le prendre au piége en hiver, et il se familiarise assez bien pour chanter en présence de l'homme, et pour frapper du bec à la vitre à travers laquelle on contemple ses revers rouges et sa calotte bleue, lorsqu'il trouve que les mouches deviennent trop rares dans son atmosphère.

Je n'ai pas été à même de juger de l'attachement des pinsons pour l'homme; mais j'ai, dans ma volière, un pinson et une pinsonne qui s'aiment tendrement, au point de se poursuivre de coin en coin, de branche en branche et de ne jamais rester, sans visible inquiétude, séparés même un quart d'heure.

On n'a jamais eu à se plaindre de *Quat'sous* qu'une fois. Le pauvre geai dépérissait faute d'une nourriture assez substantielle. J'ignorais alors ce qu'a appris à son maître l'expérience de sa triste fin.

Un jour, n'y tenant plus, et ne voyant, dans

un pinson apprivoisé que je laissais presque
libre, qu'un beefteck à sa portée, *Quat'sous* mit
le pinson à mort d'un traître coup de bec. Je
battis un peu Quat'sous. Hélas! on ne devait
pas tarder à le porter aussi en terre!

XLIX

DE tous les insectivores, les plus prônés, les plus célébrés, les plus malheureux aussi, ce sont les fauvettes, les rossignols et les rouges-gorges. On les immole par hécatombes pour les manger, ou bien on les fait languir et mourir misérablement en cage. Ces oiseaux, qui aiment le voisinage de l'homme et qui lui rendent d'incalculables services, ne sont à leur place, qu'en liberté dans nos vergers et dans nos haies.

Les pâtées savamment élaborées dont on les nourrit, leur enflamment les intestins, et rien ne vaut pour eux l'ombre des bois, quoi qu'en disent les prétendus connaisseurs, qui les enfer-

11.

ment dans des cages obscures, couvertes et cal-
feutrées de serge ou de toile verte. Si j'étais
contraint de donner l'hospitalité à un rossignol, je lui hacherais tout bonnement des
feuilles de chou avec de la mie de pain ou
mieux de la chapelure, et je mouillerais un
peu le mélange. Et j'aurais une bonne provision de vers de farine, pour lui en offrir cinq
ou six par jour. Plus de vers de farine ne leur
valent rien. Et, quant à la graine de pavots,
elle ne peut former le fond de leur nourriture.
Autant vaudrait nous nourrir de porc ou de
jus de réglisse !

Il est inutile de gloser beaucoup sur ces
oiseaux merveilleux.

Leur âme est tout entière dans leur chant
et, quand ils se taisent, elle brille, passionnée,
éloquente, dans leurs yeux incomparables.

Le rouge-gorge a des sentiments exquis de
reconnaissance pour les hommes ; chacun
peut en dire des merveilles, pour peu qu'il y
ait un rouge-gorge dans ses souvenirs.

On a peine à comprendre que cet oiseau
si frêle puisse supporter le froid et le jeûne
de nos longs hivers. Quoiqu'il en soit, il
demeure, quand les feuilles sont tombées et
que tous les voyageurs ailés sont partis. A ma

fenêtre vient frapper, chaque hiver, un rouge-
gorge affamé qui connaît bien cette fenêtre,
et qui ne se défie apparemment point de
l'homme barbu qui se tient derrière !

Dès que les frimats me le ramènent, je lui
sers des mets de son choix, et il les mange
modestement, à petites fois ; car il aime à revenir au moins deux fois dans la journée, et
il accompagne ses repas de coup d'œil d'envie
pour la chambre chaude où il n'ose pénétrer !..

Cependant, l'hiver dernier, quand il gelait
si rudement, il prit son courage *à deux ailes*,
et se rappelant mes bienfaits désintéressés,
mais ne me voyant point dans la chambre accoutumée, il résolut, au déclin du jour, d'aborder mon logis par la porte.

Le voilà qui affronte le vestibule et qui monte
bravement l'escalier.

Par malheur une porte, qui se fermait, fit un
grand bruit, et il rebroussa effaré, mais pas si
vite que je ne pusse le reconnaître, car je rentrais du jardin dans cet instant. Je le rappelai
en vain.

Michelet cite un rouge-gorge qui fut si content
d'une hospitalité humaine, sollicitée et généreusement accordée sans *conditions*, tout un
hiver, qu'il crut devoir présenter, l'été suivant, à

son hôte, en grande cérémonie, madame rouge-
gorge et leurs jeunes enfants :

— Voyez, semblait-il dire, voyez ma famille!
Elle vous connaît, et chaque fois que Dieu me
donne des enfants, il vous donne des amis de
plus!...

On n'en peut pas dire autant de tous les enfants qui naissent, même dans le cercle de nos
intimes, encore moins de nos parents!

L

Il y a des gens qui crèvent les yeux aux rossignols et aux pinsons, *pour les faire
chanter.*

Les nommer, ce serait commettre une dénon-
ciation réelle ; car la justice humaine poursuit
et atteint ceux qui commettent ce véritable
crime.

Tout dernièrement, à la grande satisfaction
des protecteurs de la faiblesse, tous les oiseaux
aveugles qui se trouvaient au marché aux oiseaux,
alors encore rue de l'Abbaye, ont été saisis et
délivrés de leur misérable existence. Néanmoins
et nonobstant la pénalité qui menace les récidi-
vistes, je connais des négociants en oiseaux

aveugles ! Inutile d'ajouter que je ne suis pas de leurs pratiques !

Si la superstition était avouable dans un siècle éminemment positif, je dirais que j'ai été excessivement frappé de l'anecdote suivante, dont je crois pouvoir garantir l'authenticité :

Il y avait à X... dans les environs de Heidelberg, un monsieur fort riche, et heureux père de six filles charmantes, qu'il aimait par-dessus tout et qui semblaient nées sous les auspices les plus favorables.

L'aînée de ces aimables enfants, vers l'âge de dix-neuf ans, fut attaquée d'une ophtalmie grave dont le résultat, malgré les soins les plus parfaits, fut la cécité complète, dans l'âge où la vue est si bonne et si précieuse !...

Entourée des consolations de ses sœurs et de son père, la pauvre enfant se résignait, en songeant que ses sœurs y voyaient pour elle !

Mais hélas ! la seconde, puis la troisième sont atteintes d'ophtalmies et deviennent aveugles à leur tour !

Aucune parole ne peut peindre la douleur du père. En vain il avait consulté toutes les lumières des Facultés transrhénanes. Un soir que, désolé du triple coup dont son cœur était frappé, il se promenait avec un ami sur le bord

du Necker, maudissant la lumière du soleil,
dont il aurait fait si volontiers le sacrifice, pour
la conserver à ses enfants; et comme il se demandait en pleurant si la contagion s'arrêterait
là, et n'atteindrait pas aussi ses trois dernières
filles, l'ami, confident de ses alarmes lui adressa
tout à coup, non sans ménagements, une question qui aurait fait sourire un de nos esprits
forts de France :

— Mon pauvre ami, pardonnez-moi : mais,
comme dit le poète, il y a une histoire de
chacun de nous qui n'est connue que de nous
seuls. Eh bien, n'avez-vous jamais, dans votre
jeunesse, commis quelque acte capable d'expliquer, par une représaille de la justice divine,
l'affreuse épreuve dont vous êtes frappé aujourd'hui ?

Loin de s'irriter de cette question (car les
susceptibilités de l'amour-propre s'effacent
devant les grandes disgrâces), le père en larmes
s'arrêta, prit sa tête dans ses deux mains et
rêva profondément.

Enfin, découvrant son visage et saisissant son
interlocuteur par le bras :

— Vous avez peut-être frappé juste !... Hélas !
il ne m'en souvient que trop à présent : quand
j'étais jeune, je n'avais point lès scrupules que

le temps et la réflexion développent en nous !... Il m'est arrivé de brûler avec du soufre les yeux à des nichées entières de pauvres petits rossignols !... Et je ne le faisais pas sous le vain prétexte de les entendre mieux chanter ! Je le faisais, parce que j'étais un mauvais enfant, et que je prenais un affreux plaisir à leurs tortures, à l'air hébété dont flottait leur tête mignonne, après l'opération, et aux cris de souffrance qu'ils poussaient pendant leur supplice !... Voilà peut-être pourquoi Dieu a ôté la lumière à mes propres enfants !...

Et l'histoire en reste là ; car je n'ai pu savoir si, touchée du repentir de ce malheureux, la Providence lui avait épargné de nouvelles épreuves du même genre !...

Je livre le fait aux gens qui croient que Dieu châtie ici-bas les coupables et qui voient, dans ces expiations, l'épargne des expiations d'une autre vie !...

— Il n'y a pas, dira quelqu'un, de proportion entre le crime et son châtiment ! Les yeux de ces jeunes filles valaient les yeux de beaucoup de passereaux !

A quoi je répondrai : Y a-t-il, surtout en fait de douleur, rien de petit, pour Celui au jugement duquel rien n'est grand ? . . . .

J'aurais peut-être dû clore ces études par quelques plus riantes images. Mais je réfléchis, pour me consoler de n'en rien faire, que mon but principal a été d'inspirer au cœur de mon cher public, la compassion que mérite le cœur des animaux qui ont du cœur, et à tout le moins celle que réclame la souffrance des êtres qui ont, comme nous, des fibres et des nerfs.

Au sein d'une nature qui admet, hélas! la compétition d'intérêts contraires, le sacrifice sanglant de la brebis par le loup, de la colombe par l'épervier, étouffons en nous tout instinct de cruauté, et soyons les arbitres de la paix, en usant de CETTE LUMIÈRE QUI ÉCLAIRE TOUT HOMME VENANT AU MONDE, comme dit l'Evangile, et qui révèle à notre conscience la véritable justice et la véritable bonté!

FIN.

TABLE DES MATIÈRES

FIN DE LA TABLE DES MATIÈRES.

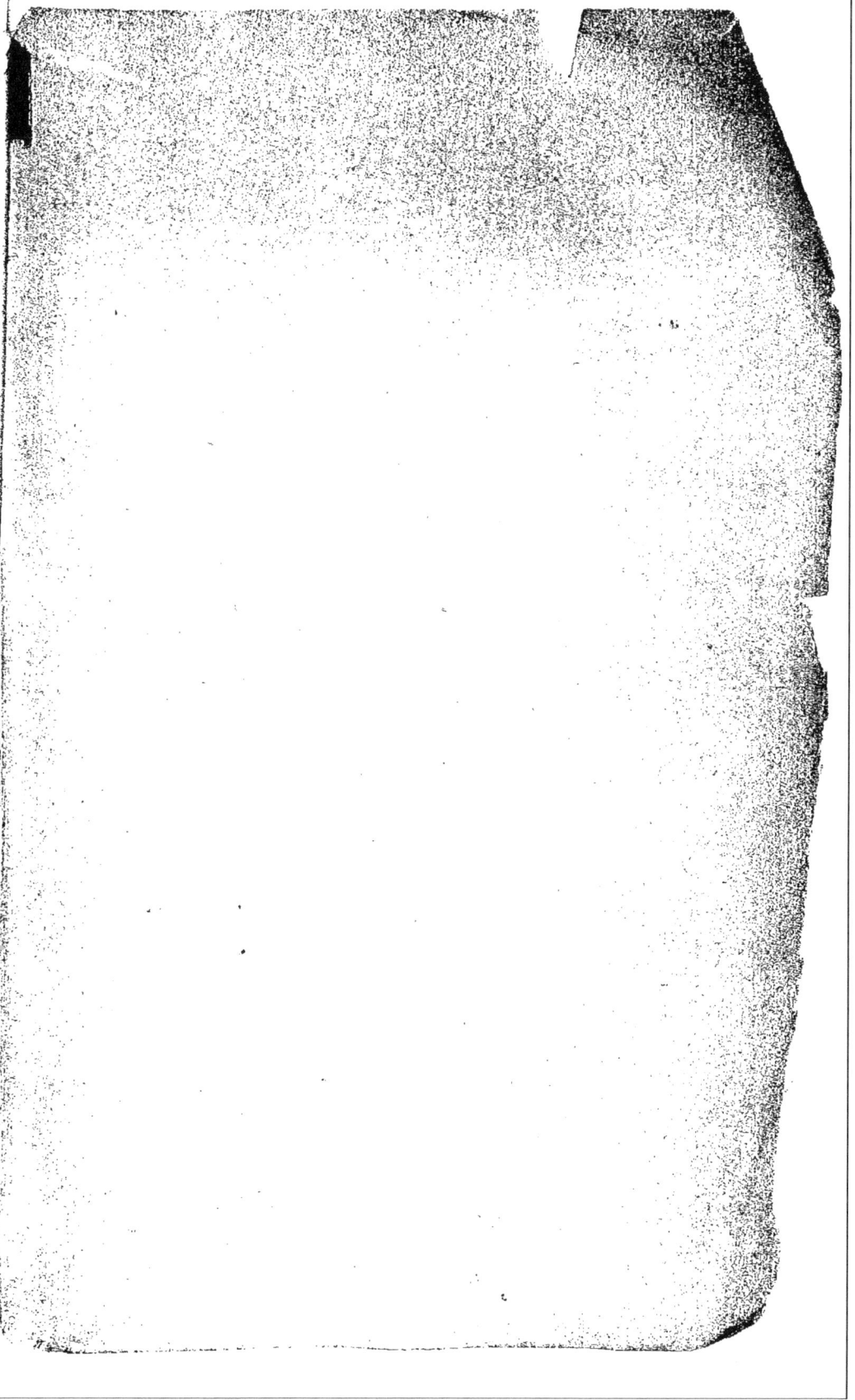